青春隔山海

陆小寒 著

人民日报出版社

图书在版编目（CIP）数据

青春隔山海/ 陆小寒 著.--北京 ： 人民日报出版社，2014.6
ISBN 978-7-5115-2687-8

Ⅰ．①青… Ⅱ．①陆… Ⅲ．①长篇小说－中国－当代
Ⅳ．①I247.5

中国版本图书馆CIP数据核字(2014)第139593号

书　　名：	青春隔山海
作　　者：	陆小寒

出 版 人：	董　伟
责任编辑：	王琳琳
特约策划：	叶青竹
封面设计：	汪耍军

出版发行：	人民日报出版社
社　　址：	北京金台西路2号
邮政编码：	100733
发行热线：	(010) 65369527　65369846　65369509　65369510
邮购热线：	(010) 65369530　65363527
编辑热线：	(010) 65369528
网　　址：	www.peopledailypress.com
经　　销：	新华书店
印　　刷：	北京兴星伟业印刷有限公司

开　　本：	787mm×1092mm　1/32
字　　数：	230千字
印　　张：	7.25
印　　次：	2014年8月第1版　2014年8月第1次印刷

书　　号：	978-7-5115-2687-8
定　　价：	29.80元

目录

第一章 二十岁的眼泪

1. 尽欢而散，终感悲凉……………………001
2. 我们的心，坚强程度不一样…………002
3. 忘掉种过的花………………………………007

第二章 我一生中的冷雪，你无法看到

4. 爱情里孤单的守陵人……………………015
5. 雪化炭灭，没有人记得生命的寒冬…023
6. 老男孩的往事很下酒……………………029

第三章 科尔多巴城孤悬在天涯

7. 五花马，千金裘，呼儿将出换美酒…037

8. 我们渺小的美梦……………………046
9. 她会成为一棵大树…………………054

第四章 你内心辽阔，拥有一整片草原

10. 蹉跎慕容色，煊赫旧家声………063
11. 情爱里永远多一人………………068
12. 只有你懂得，所以未逃脱………073

第五章 她的圆明园，被一把大火烧了

13. 建在针尖上的房子………………079
14. 断垣望谁归………………………088
15. 举头三尺有神明…………………096

第六章 最爱

16. 姜姚浓墨重彩的一分钟…………103
17. 爱的窄门…………………………108
18. 少年派和孟加拉虎………………115

第七章 漫长的告别

19. 千里共婵娟……………123
20. 他亦飘零久……………128
21. 阿修罗、泥菩萨…………135

第八章 太上忘情，太下不及情

22. 没有岁月可回头…………141
23. 你看我的背影，像不像条狗…148
24. 提枪的猎人………………153

第九章 灰烬里落满白鸽

25. 东歌，你不要怕…………159
26. 不再让你孤单……………165
27. 恋慕与忘却………………168

第十章 老人与海

28. 我们心中的怕与爱…………175
29. 爱你的虎口…………182
30. 我的爱情是这些妖猴…………189

第十一章 项脊轩志

31. 兔死狐悲…………197
32. 为什么要对你掉眼泪…………203
33. 世间好物不牢靠…………208
34. 青春里的最后一人…………213

第一章 二十岁的眼泪

有一天,我爱过的人一定会老去,当他唱起《二十岁的眼泪》,时间会不会哗啦哗啦回来一会儿?

1. 尽欢而散,终感悲凉

这是一个二十几岁的故事,只有二十几岁的人,心中才有的江湖。

西沉的落日东流的水,酒杯空了几回,少女走了几个,青春就完了。豪情满天地站起来,却是拔剑四顾心茫然。

我躲在人群里,喝得最慢也醉得最久。

司马青衫,吾不能学太上之忘情。

2. 我们的心，坚强程度不一样

在陈为安离开我的很长一段时间里，只有那么一个契机令我觉得悲伤放开了我。那是一个初秋难得的清凉而有些寂寥的夜晚，学校里的露天小酒吧，老爵士的烟嗓呜咽着绝望的往事，不再年轻的老板新推出的鸡尾酒有一个漂亮的名字叫芳龄永继。

我一口饮尽这唐僧肉般寓意美好的酒，眼睛里泛起的迷雾令我觉得一向剑拔弩张的顾小北也万分顺眼起来。他收起往日的玩世不恭、乖张任性，真诚而温顺地看我一眼，唇角噙着一片笑，令我觉得我可以和他说一说心事。所以我不自觉地坐直了身体，露出诉衷肠的表情和诉衷肠的语调。我对顾小北说："如果有一个人，多年来一直对你说只有你感受得到他的内心，能给他安慰，能让他觉得温暖、安全，这么多年很多话只对你一个人说，因为只有你能与他感同身受。你听到这些，是否会深受感动？"

他睥睨了我一眼："被这种话骗，你不是幼稚就是虚荣。"

我看向顾小北，说："我知道你不会懂这些，我也不指望你懂，我就是被这些话闷坏了，想找一个人说说。我不指望你能感同身受。"

顾小北的表情在夜色里有微妙的变化，那种轻蔑的神情一闪而过，"东歌，这么多年了，你还是一如既往地自

第一章 二十岁的眼泪

以为是,那么自大,以为就你和陈为安的感情称得上是爱情,优雅、不朽,互相折磨又不离不弃。东歌,有意思吗?"

我不耐烦地挥了挥手,这难得的契机就在顾小北提起陈为安三个字的时候被破坏了,与那些惨白的被抛弃的时光同流合污起来。我有些失落,可这失落又是必然的,自找的。我说:"我真不应该和你说这些。"

"我也一点都不想明白你们两个人的事。"顾小北转了转玻璃球般的眼珠子,收起那提起为安时惯有的轻蔑表情,开始在我面前快活地抽烟,吹起响亮的口哨。他不再看我,而把他那张轻浮薄情的脸转向学校主干道上的女人。深夜十一点,宿舍的门禁时间,她们却脂正浓粉正香,摇摇曳曳从山上下来。远远望过去,一片锦绣香烟袅娜翩跹。隐蔽在黑夜里的车一下子热闹地现了形。我遗憾地叹了口气,这红尘盛景海市蜃楼般几秒就烟消云散了。顾小北也意兴阑珊地收回了二郎腿,闷闷地喝酒。我有意刺一刺他:"看到曾经和自己好过的姑娘上人家的车是什么样的心里波动啊?"

他看也不看我,"别惹事。"

"我怎么觉得那个体格最风骚的姑娘长得特像蒋少冬啊?"

呵,蒋少冬,我们经院的镇院之宝,削肩膀,水蛇腰,妖妖调调,这样一个妖精,还被顾小北追到了一两回,不过也是昙花一现罢了。顾小北老大不小,但是谈个恋爱就返老还童了，成天装维特少年，心思敏感脆弱。谁跟他提蒋少冬，他就和谁急。我点了一支烟，夹在手里，也不怎么抽，任它燃着，嘲笑顾小北："你就这么点出息。"

他也就能跟我充大爷，还击地分毫不示弱，"东歌你管好你自己那烂摊子吧，我的事还轮不到你操心。是谁失恋了就不人不鬼的，拖累我们这帮兄弟。一好你又屁颠屁颠没有人影，我就没见过你这么白眼狼的女人！关键你还笨，每次恋爱都是从一个沼泽爬到另一个沼泽，还他妈都是为同一个男人。六年了，凤姐都能整成范爷走国际路线，就你越活越回去。你有出息？"

"顾小北，我都不知道你对我意见这么大。积怨已久是不是？这么把我往泥土里贬有意思吗？"

"我能有什么意见？我哪敢呀？你也是有进步的，六年从一身公主病进化成了女王病，唯一不忘本的是一碰到陈为安，你那通身的黛玉病又发作起来，我们都得待在下面托着你，才好让你在云端高高在上和你那宝玉谈不沾人间烟火的恋爱！"

我踢开椅子站起来，"顾小北，你今天怎么着，发什么神经，说话带刺还乱扎人。是我让你失恋了吗？是我劈你腿了吗？是我攀高枝去了吗？你才混蛋得就是一只白眼狼。"

顾小北干脆砸了杯子站起来，更气势汹汹。我嘴硬道："干什么，想打架啊？"

第一章 二十岁的眼泪

"你要是个男人我早把你废了,傻事又不是一两件。做女人活成你这样说你幼稚还玷污这两个字!"

无缘无故挨这么劈头盖脸的一顿骂,顾小北心里不爽快,拿我撒气,我怒气也冒上来,烟盒打火机甩手就砸他额头上,他一用劲掰着我的手腕使劲压在玻璃桌上,疼得我眼泪一下子涌出来,死活不认输,提起脚上的高跟朝他鞋面上用力一脚,他吃痛地皱紧了眉头,骂道:"东歌,你个疯女人!"

眼看一场恶战要开始,酒吧的老板齐哥连忙跑出来分开我们两个,"刚刚还好好聊着天的,怎么我一转个身就打起来了呢?小顾,你是男人,这点都不能让小东?"

我怪声怪气地说:"齐哥,你可别喊我小东,免得某人想起蒋少冬,此东非彼冬,别揭某人伤疤戳他胸口。"

顾小北愣了愣,气极反笑。"东歌,你的牙尖嘴利、尖酸刻薄就全用在我身上了。老朋友才惯着你说话不知轻重,要别人早给你摔脸了。"

"要你管!"我丢下这三个字,扭头就走。

很久以后的一个冬天,我和顾小北久别重逢,他喝高了忽然对我说我们分开、冷战、互不搭理的那些日子里,他还挺想念我那扭头就走的无理蛮横劲儿。走在街上看到这么一个骄纵的姑娘,不自觉地就要停下来一阵。他说:"那个时候虽然看着你的背影恨得要死,可是心里想的却是这一辈子还能看你几次这样扭头就走。你我都知道,时间一到,

青春隔山海

有些人就要分开了。就像坐火车一样,一段有一段的旅伴。你可以心里难过,但是不能不接受。因为我们都怕孤单。"

我被他说的也觉得有些心酸,抱着酒瓶醉醺醺的头抵着他的额头,"那是以后的事,现在我没想过要和你分开。"

他大大的手掌拍着我的头,"东歌,我知道我不是个好男人,也不可能陪你一辈子。我只想你记住我这一句话,你来我不会去接你,你走我也不会送你,但是我顾小北这里,你永远来去自由,不管我那时身边是谁,以后还会有谁。我就想要你知道,你身后也永远有那么条退路。你以前总说我不能感同身受,现在你该明白,你为陈为安做的事情,我也能为你做到。只是我们的心的坚强程度不一样,你为了他,无法好好生活,而你,对我的人生不会有任何影响,至少别人看不出来。"

这是后来我唯一能清楚地记得顾小北说过的话,很奇怪,关于他的其他记忆,一点点慢慢消失了。不是那种我们熟悉的记忆模糊淡忘,而是就像一面原本满是雾气的窗户,随着阳光迷雾一点点消散,现出了外面温暖澄明的世界。顾小北就是这样消失的,我不知道为什么,在我有各种初老症状的时候,我第一个忘记的人会是他,大概他不是我深爱的人吧。

第一章 二十岁的眼泪

3. 忘掉种过的花

我和顾小北从高中起就是同学,座位永远隔一条走廊。大学更加离谱,不止同样进了师大,还分在同一个学院,又要做四年大学同学。但是,这么些巧合,这么多年的缘分也没有让我们更亲近一些,除了大一在迎新老乡聚会上一起吃过一顿饭,之后也不过在学校偶遇的时候,彼此点个头算是打招呼。我记得那时最最大的交情也不过是我顺路帮他带了一杯奶茶给他某个女朋友,她也住29号公寓,小小的身量,齐刘海,白皮肤,大眼睛,弩着劲儿闷骚。这模样,我称之为顾小北标签。

顾小北在我们学校算得上出名,不过总是坏事多过好事。他长得不知道该怎么去形容,不是那种公众认同的帅,也不像为安那样漂亮得邪气,可是就是令人无法忽视他的长相,或者他身上的那种气质,沉默冷硬又放荡不羁,你找不到一个精准的词去定义他。日后,我在别的男人身上隐约遇到一些类似的东西,只是那掺了很多人情世故,流于不真诚。那个时候我想起顾小北,我才发现他最好的品质是真诚。他也是对我最真诚的人。

如果按王尔德的说法,人没有好坏之分,只有迷人和乏味的区别,那么顾小北称得上迷人。当然,你也可以把他轻松地扔进一个大范畴里,那就是浪子这两个字。若是这样想，爱情小说元老级人物张女士笔下众多聪明心冷的男主角都能在顾小北身上投影出一两处，比如战前香港故事里那个会说很多温柔话的乔琪乔，"我不能答应你结婚，不能答应你爱，我只能答应你快乐。"真是荒唐又深情，当然顾小北说不出这么文艺的话，但曾经一度，这种自私而消极的想法是顾小北的爱情观，他的爱情观也约等于他的人生观。我曾经一点也不欣赏他这样游戏人生，他应该也是知道的，因为他后来有一次好像和我提起过："东歌，我真是佩服你对人总有两套标准，今天若是我纵情声色，你会说我花心浪荡，没有好报，下了地狱还住VIP。可如果同样的放在陈为安身上，你就会为他找出无数理由开脱，甚至上升到灵魂孤独这样虚无的高度上去。有时候想想你，真的觉得幼稚又可笑。"

　顾小北看事情总是能先看到坏的一面，说话又刻薄不留情面，一张嘴削铁如泥。大概就是这样，我和他无法成为朋友。我也不愿意对他提起为安。我能想象出他的回应，无非一脸不屑的表情，"你们两个不就是暧昧多年，后来谈起了恋爱，不过时间比别人久一些，经历再曲折些，你以为你们两个一起读了本《红楼梦》就真当你们一个宝玉一个黛玉了？我们凡夫俗子都理解不了你们的爱，只好远远看你们。东歌，这世界上没有谁的爱情更高贵更高尚，也没有人受爱情更多的苦，更痛不欲生。有时你甚至自己去陈为安身上寻求这种痛感，因为你痛了他会回应你。你

第一章 二十岁的眼泪

这身坏毛病都是他惯出来的，你们两个是同类，在爱情中以病态为正常，注定长久不了。何况他又不是真爱你。"

所以我也害怕顾小北。他太了解我了。我不知道他是从哪里窃取到这一份了解，但是我讨厌他的了解。为什么是他，凭什么是他。

和顾小北关系的转机是在大三那个冬天。那是我生命里的寒冬，也是我最想抹去的一段人生。我的恋人陈为安亲手捅了我一刀，在他和老师徐砚美的恋情被曝光后，两人一夜之间没了音讯。他的这种抛弃一下子击垮了我，我每天醉生梦死，胖了二十斤，满脸浮肿，眼窝深陷，如同一个久居在山洞里的巫婆，一见阳光就不停地流眼泪，又夜奔在午夜大道上，两旁的路灯诡谲，一辆货车戛然停住，司机用方言痛辣地骂我。

我怎么都想不明白，为什么有的人可以这么轻易就毁掉你所有生命中珍视的东西：爱情，希望，想象，未来，信任，真诚。这些顷刻间就被为安的几句话全部摧毁。为安逃跑以前来见过我一面，我等着他向我道歉，请求我的原谅，然而他只是一句苍白的对不起，就再也不说什么了。他要走的时候，我用狠劲抓着他的胳膊，怎么都不肯放他走。但最后他还是走了，看了我最后一眼，那眼神不再是我熟悉的温柔淡漠，而是带着恳请与愧疚，可是他的眼睛仍旧漂亮，像旷野上的星芒，极地里的冰花，都是转瞬即逝的东西，伸出手，只有风与虚空。

青春隔山海

他一走,我就失去了我人生的主心骨,像被人生生抽走一条脊梁,从此只能匍匐在地上,手脚并用地行走,祈求他一点剩余的爱。

我就是在这个时候与顾小北重逢。他竟然认得出我来,不,更确切些说,是他的那帮狐朋狗友先认出了我。

是在新天地的酒吧,又一个狂欢之夜刚刚拉开序幕,可我已经喝得有些过头了,去洗手间吐了一回更觉得天旋地转,踉跄地走出来,扶着木质楼梯往下走,沿途撞了好几个人,那些人都避之不及,好像我是个脏东西或病菌一样。我想我一定是不成人样了,沦落到这样的地步,那种自暴自弃的可怕感觉又开始向我压下来。我烦躁无比,偏偏这时有个好死不死的声音:"靠,你没长眼睛啊。怎么现在什么货色都往里挤啊?"

我醉醺醺地抬起头,吐出一句:"撒泡尿照照你自己,你什么货色自己还不知道。"

显然我的轻蔑激怒了他,那男生又向我走近了几步,五大三粗,脸太过平庸,却是张熟面孔,只是我一时想不起来他叫什么。盯着我看了几秒,他怪声怪气地叫起来:"哎哟,我说谁说话这么冲呢。这不是陈为安身边不可一世的东歌吗?怎么,今天落单了?"

为安的名字一出,我清醒了几分,也引来了他们一帮人的注意,有几个凑过来,像观赏动物般不怀好意地看着我。

"这个女人就是东歌?不是说是个美女,就这样的货

第一章 二十岁的眼泪

色？"

"我以前见过她，没这么胖，挺漂亮的，成天和陈为安出双入对，傲得眼里谁也放不下。"

"那怎么现在丑成这样？不会是被陈为安玩腻了，甩了吧。"

"也有一阵没有在学校见到他了，你没听说吗？好多人说他和老师私奔了，就是那个很狐媚的形体老师！"

"靠，真的假的？和有夫之妇私奔啊，厉害啊！"

"当事人不是有一个在这里吗？"那人涎笑着凑近我："东歌，陈为安床上功夫怎么样？不然怎么徐砚美老公儿子都不要跟他跑了？原来她老公是个川菜馆的厨子，成天装高贵的骚货。靠，他们有差十七八岁吧，太恶了！"

那些不堪入耳的话如尖针刺进我的耳膜，一瞬间我失去了理智，杯子里的酒悉数泼向他们恶心的嘴脸，玻璃杯又砸向了说最后一句话的混蛋。"你这张脏嘴也配提陈为安的名字吗？再敢这么满嘴喷粪，下次泼你的就是硫酸。你试试我敢不敢。"

那只酒杯砸在了他的鼻梁上，鲜血流出来，我似暗夜的野兽，见到鲜红温热的血，不但不怕，反而亢奋起来，有人用力推我，啤酒瓶砸在地上粉碎的声音，不堪的骂人声，酒气喷在我的脸上，唾沫溅进我的眼睛里。我一定也是哪里受伤了，血从我的眉骨处滴下来，挡住了视线。满眼的血红，污浊，不堪，为什么人要这样活着！为什么！

青春隔山海

我连退了好几步,手摸到一只酒瓶,想都没想,抡起来就要砸向对面,冷不丁一只冰冷的手握住了我的手腕,一个真实而厚重的声音在上方响起,他喊我的名字:"东歌。"这个声音在当时带给了我很大的震撼,我就像是在漫天迷雾中走了很久,前方终于有一点亮光,又像是被一个可怕的梦魇围困了很久,他伸出手,将我拖离了出去。我茫茫然地转过身,视线很模糊,但依然看清了,那个人是顾小北,还有他平静而略显失望的脸。

"东歌是我的朋友,今天这事看在我的分上就算过去了吧。"顾小北淡淡的一句话,结束了眼前混乱的场面。围观的人散去,他转过身不动声色地看着我。我泄了气坐在地上,用长发遮住了脸:"你不用说了,我知道我现在很糟糕,很没有人样。"

他轻笑一声:"你越来越能耐了,喝醉了酒还敢跟四个男的干起架来。"

我自嘲地笑了笑,手贴脸侧着头看他,"好久不见,顾小北,没想到是在这样的情况下,不过谢谢你,出手帮了我一把。"

顾小北双手插口袋,吊儿当啷地踢着地上的碎玻璃,说:"也说不上帮你,那几个家伙是我请来的,今天我女朋友生日,大家一起来玩。"他伸出一只手,我顺着他指的方向看过去,果然不远的卡座围着一堆人,女主角坐在蛋糕前,微伸脖子往这边看。

第一章 二十岁的眼泪

我收回目光，低下头："不管怎样，还是谢谢。你过去吧，我没事了。"

顾小北没有说什么，抬脚就走。我在原地缓了缓神，站起来往外走。夜应该是更深了，DJ开始放震天响的音乐，我跌跌撞撞地挤到门口，深深吸一口气。外面还是一个温和明亮的世界，城市的霓虹脉脉温情，路人来来往往。我在广场的长椅上坐下，发梢混着血黏在额头上，我不敢去碰，估计是被碎玻璃划了道口子，却也一点痛都感受不到。我拿出烟点了一支，微凉的夜风让我彻底清醒了。我眯起眼睛，遥遥望着渐渐被夜色吞没的酒吧，那曾是我和为安最快乐的地方，为安有那么多朋友，疯在一起玩到天亮，谁也不曾觉得孤单。现在为安离开了，那段不知今昔是何日的快乐时光也跟着消失了，那么这里，我以为能找到为安影子的地方，也如建在沙上的建筑，一下子轰然倒塌。我悲哀地把脸埋了起来，我不想哭，可是眼前的种种，过去与现在重叠，生出了很多幻象，这些幻象，令我脆弱。软弱。

我没有想到顾小北会跟着我出来，不过也没有多问。他在我身边坐下，"有一阵没有见到你，变化挺大？"

我摇摇头，"他走了，再也不会回来了。"

我是害怕又希望他继续和我说会话，我很想对人倾诉一下，可是我又很清楚，他并不是一个能扮演好倾听者角色的人。好在他只是折中地说了一句无关痛痒的话："是你的，走了还会回来；不是你的，迟早是要走的。"

青春隔山海

我看向他,他也漫不经心地看了我一眼:"确定不要去医院?"

我点头。

"当心毁容!不过已经这么丑了,也无所谓了。"

"你的嘴还是一如既往的贱。"我狠狠瞪他。

"其实你撞到第一个人的时候我就认出你了,按我们的交情,我应该马上走出来帮你。可是不知道为什么,我挺想看看你倒霉落魄的样子,我也不知道自己是什么心理。"

我懒懒地看他一眼,站起来:"我走了,你再坐会儿吧。我不想跟你一起走。"说完,我走到路口去等出租车。顾小北没有跟过来,坐在原地。我上车时回头看了他一眼,他也拿出了烟,他抽烟的样子,令人觉得他有一些远。不过,我想那是他装出来的。

他怎么会悲伤,同样一个爱情里的享受者。

第二章 我一生中的冷雪,你无法看到

如果我爱你是一条长长的下坡路,是不是终有一天我的双脚会踏踏实实地踩在泥土上,风中行走,只想着春日和我自己。

4. 爱情里孤单的守陵人

学校的露天电影院在放《周渔的火车》,我一个人坐在喷水池边静静地看,光影浮动,很恍惚的画面:女人,裙摆,瓷器,诗人的朗诵声,还有不断晃动的火车。故事讲的是一个叫周渔的女人爱上了一个叫陈清的诗人,从此开始了一周两趟往一个叫重阳的地方跑的爱情生活。在她年轻美丽的一生中,她从来都没有停下来,最后她死了。这是一个太偏执的女人。没有爱情会死。

我望着幕布上那个睁着一双空洞迷茫眼睛的周渔,会想到自己。当她无助地问自己周渔你真的不想停下来时,她的眼睛依然是迷茫的，但是我哭了，捂着嘴不发出声音地哭着，我就是那个停不下来的人。

电影刚结束，屏幕上突然出现几个巨大的字，"陈珂爱崔心美。"这种表白戏码在大学里并不少见。我看了一会儿，抬脚往回走，一米开外却站着顾小北。好像每次我狼狈的时候都会撞见他。我意兴阑珊地问："这次又是从什么时候开始看好戏的？"

他向我摆摆手，"我一个兄弟今天和他女朋友交往一百天，我策划着给女主角一个惊喜。感觉怎么样，浪漫不浪漫？"

话音刚落，嘭的一声响，喷泉绽放，四周烟火缭绕，变戏法一般出现了好多人，音乐，玫瑰，甜蜜的人儿，配合而羡慕的观众。顾小北在旁边露出导演般满意的笑。

我仰头看着夜空，无动于衷地笑了。

顾小北说："东歌不要这么无趣，我带你去个地方。"

我跟着顾小北去了学校附近一间小得很不起眼的酒吧，名字叫"唐朝"，装修很简陋，大块水泥墙面显露，也有一种粗犷的气息。店门外露天摆着几张玻璃桌子，顾小北带我坐在离灯光近一些的那张，自己和旁人打了招呼发了烟，闪身进店内，一会便出来，手里多了一袋冰块，递给我："敷一下吧，眼睛都肿成桃子了。"

我道了声谢，他在我面前坐下，也没有要问下去的意思。我玩了会儿冰袋，主动说了句："我被电影感动了。"

第二章 我一生的冷雪，你无法看到

他嗯了一声，没有拆穿我，我喜欢他这样。

这时一个瘦弱的男人端过来一杯色泽很奇特的鸡尾酒，顾小北为我介绍："这就是老板齐明，我们都喊他齐哥，会调一百多种鸡尾酒。齐哥，这就是我和你提过的东歌。"

齐明三十多岁的样子，有些少白头，黑眼圈非常严重，皮肤没有血色，一看就知道是多年过黑白颠倒的生活。他笑起来非常亲近，真的可以用老男孩三个字形容他。他对我说："东歌，欢迎你来，尝尝我调的鸡尾酒。"

这是一杯颜色很绚丽的饮品，有点勾起了我的兴趣，"它叫什么名字呢？"

"难得有情人。"是顾小北的声音。

齐明招呼了我们一会儿，就立刻回身去忙了。整个唐朝只有他和一名勤工俭学的服务生，忙起来真的是分身乏术。我和顾小北没怎么说话，专心看着忙碌的齐哥，不知为什么，这样一种忙碌给人一种很安定的感觉。

顾小北问我："心情好些了吗？"

我点头，说："我希望我是像齐哥一样忙碌的人，知道自己在做什么的人，这样就不会胡思乱想了。"

"你成不了他这样的人的。他吃的苦我们都难以想象。"他看了我一眼，继续说："齐哥初中没念完就出来打工了，后来随大流去当了八年兵，因为一次打架斗殴被开除了，他今年35岁，已经在酒吧工作了十年，每天都是调酒，陪熟客喝酒，酒精中毒被送过好几次医院。正常是凌晨三点

青春隔山海

收工,骑个电动车到家四点,他又有严重的失眠,睡前还要再喝点酒才睡得着。最近作息正常些,那也差不多到两点睡下。唐朝是他瞒着父母用全部积蓄开的。"

我第一次听到这样的经历,觉得恻隐。顾小北立刻说:"你别露出那种同情的眼神。在我看来齐哥至少活得比你好。他养得起自己,知道自己要什么,也是为自己活。这三样,你没有哪一样比得上他。"

我被他反驳地无话可说,又低头喝酒。他又说:"我们高中毕业后没什么交集,你变了很多,不过这种藤蔓式的活法却一点没变。"

我没搭理他,继续喝酒,不过这次点了支烟,他似乎叹了口气:"你还学会了抽烟。"

我冷眼看向他:"我本来很想感谢你,这个夜晚至少你让我有些感动。但这并不意味着你可以对我肆意地指手画脚。是谁给你这样的权利?你以为你是谁?你以为你很了解我?"

顾小北漫不经心地笑:"我无聊随便说的,你要是听着不爽就走喽,我这么在灯光下看看你,也觉得你和高中时一样讨人厌。东歌,你以为你是谁。"

和顾小北聊天果然还是和以前一样,三句话说不到一起,吵架斗嘴稀松平常。如果是平常,我一定会拍案而起,臭骂他一顿扭头走人。可是这一次,我真的觉得有些倦了,又有酒精令我温暖恍惚。我懒得再去理他,怔怔地望着上

第二章 我一生的冷雪，你无法看到

方悬着的一只竹藤条环绕的灯，有风时它轻轻地晃一下，像漆黑的海面上的点点渔火。我抱着膝盖，下巴搁在手臂上，渐渐意识模糊。感觉到有人轻拍我的脸，"东歌，你还好吧。"

"我没事。难得有情人。"

"没事身体就坐直了。我知道你的酒量，这点酒醉不了你。"

我是没有醉，我只是突然觉得特别恍惚。于是我又喃喃说了一句："难得有情人。"

我一定是睡了很久，不然不会做这么长而混乱的梦。我梦见了我的母亲朱美云的舞厅，那扇浅金色的旋转门我走来走去怎么都绕不出来。为安还穿着初中校服，站在门外说："我不喜欢你妈妈的这个地方，东歌你不要学坏了。"我要跟他说话，忽然人就不见了，我又孤身一人坐在一辆长途车上，大巴穿透漆黑的长夜，我记得我固执地要去苏州找为安，要和他上同一所高中，他已经两个月没有给我写信了。可是这个夜太诡谲，无论车开得多快，它都亦步亦趋，像一只伸着舌头的野兽，嗅嗅地逼近，我又哭了起来。

睁开眼睛，天也是黑的，如果没有上方那双黑得沉底的眼睛的话，我差点以为我又进入了另外一个梦境。我借着一点幽光认出是顾小北，他像一尊佛像般坐在床边，微微倾着上身，这么僵硬地注视着我。

我的意识回来了些，"我昨天是不是喝醉了。"

我突然说话把他吓了一跳，腿一动踢翻了地上的空酒瓶,响声在夜晚格外刺耳,像一声声敲在心上。他用手抹了抹脸,说:"女生宿舍门锁了,大半夜也不敢把你一个人留在宾馆,就把你带回来了。"

我低头看自己的衣服,变成了他的T恤,冷笑浮上脸,"你碰我了?"

他摇头:"没有。你后来吐身上了,我没办法,只能打电话找了个也住在外面的女同学过来帮你换的。"

"我睡了多久?喝醉后有没有说什么?"

"你一直在流眼泪。我从没有见过眼泪这么多的人。"他这句话的语气,像是很感慨的样子。我别过了头,感觉又有温热的眼泪要流出来。

"东歌,你为什么会把你的人生过成这个样子?"

"我不知道。"

"再睡会儿吧,天还没有亮。"

我却坐了起来,问他:"还有酒吗?"

"你真是疯了,还喝。"顾小北虽然这么说,却还是依言低头找酒。都是昨晚剩下的,起了瓶盖气散了大半,这样的啤酒喝起来实在是寡味。我一把掀了凉被,"我下去买酒。"

"我看你真的是疯了。你给我坐下!"

残余的酒精依然影响着我的理智,头昏沉沉的,可是人却是感觉到了一丝快乐,因为思维停滞了,令我想不起我曾为谁悲伤。只觉得整个人很轻很轻,可以变成一片羽

第二章 我一生的冷雪，你无法看到

毛随风飘散。我伸出一条手臂搭着顾小北的肩膀，"不让我去那你去。再去搬一箱青岛上来。"

顾小北怔了怔，"算了，今晚那就豁出命陪你疯一次。"他去隔壁翻腾了一会，竟然带回来两瓶二锅头。"家里只有这个了，还是我一哥们上次失恋买的。你敢喝吗？"

我来了精神，接过来利落地把两瓶都开了，再还给他一瓶，响亮地碰了下瓶。顾小北哑然失笑，"东歌，你知道我们昨天晚上喝了多少酒吗？这个再下去，明天就等120急救了。"

虽然抱怨着"碰到你就没好事"，顾小北还是很够意思地坐下来陪我喝酒。我第一次喝二锅头，很苦很冲，烧心辣喉，但是人暖了起来，这种暖带着麻木，可能醉生梦死这种酒真的存在，越是烈的酒越接近它。

我灼灼地盯着顾小北，他也是这么沉醉的姿态，我们不受控制地脸越来越靠近，灼热的呼吸喷在彼此的脸上。我的脑海里这么多天一直有一个声音：东歌，堕落吧。堕落很轻松，很快乐。

是我先碰上了顾小北的唇，我吻着他，像在吻另一只呛人的酒瓶，从这瓶酒倾倒到另一瓶酒。我按下了他身体上的播放键，他用力地把我往他怀里按，落下的吻，令我想起了初一那次突如其来的夏日暴雨，雨点狂暴地落下，灰尘溅起来成了小烟雾，我忘了带伞，冲进雨帘的时候是那么畅快，那雨，砸在皮肤上带来的柔软的痛感，我此刻又感受到了。

顾小北冰凉的手熟练地掀开衣服,滑上我的腰,后背,他的呼吸更急促,我努力回应着他的热吻,可是不知道为什么,眼泪也同样不受控制地落了下来。我想我不应该想到那一场大雨,雨中的为安,一把天蓝色的雨伞,"东歌,你和我一起走吧,我给你撑伞。"那并不是多么久远的事情,可是在这个瞬间,我却生出了山长水远的感觉。成年的东歌和陈为安都是剥离出来的另外两个人,他们的少年依然在那个小城相依相偎,而他们的成年离得越来越远,各自生活依然心跳正常,等着心事死亡。

我的眼泪越来越多,顾小北感觉到了,抵着我的额头问,"东哥,你怎么了?东歌。"

我找不到语言倾诉,只能放声大哭。哭声就是我现在仅剩的语言,我在说:我现在是一个没有心的人,为安的离开带走了我所有的骨头,令我比一片落叶还要脆弱。他又抛弃了我,我不知道该如何振作起来。

顾小北叹了口气,把我抱得更紧一些,"你的眼泪全落在我的眼睛上,好像我在跟你一起哭一样。你哭得我都有些难受了,东歌,你怎么会有这么多眼泪。"

"东歌,我就这么抱着你,什么都不做,你放心睡一觉吧,天还没有亮呢。"

"东歌,会好的。他迟早会回来的,没有人会抛弃你。"

顾小北变成了一个絮叨的人,喃喃地说着这些安慰的

第二章 我一生的冷雪,你无法看到

话。我渐渐平静下来,睁开眼睛望着他近在咫尺的脸,就像发现噩梦里还有一个熟悉的人,这样一种无从选择的安全感。我对他说:"谢谢你,顾小北。"

他看着我,"东歌,看着这样的你,我对你没有半点欲望。刚才你没醒前我在旁边看你睡觉,你一直在流眼泪我却什么都帮不了你。我有一种很荒唐的感觉,觉得我是个守灵人。你死了,也没有人来看你,只有我孤孤单单地守你的灵。"

5. 雪化炭灭,没有人记得生命的寒冬

我醒过来时,顾小北在床的另一侧睡得很沉,我没有叫醒他,轻手轻脚换上衣服离开了。去车站买了当夜回永安的车票,六个小时的火车再坐两个小时的长途车,算得上是漫长的旅途。

高中寄宿以后我就很少回家,可是今天,我突然很想见一见美云。我的母亲朱美云,又美又有手段,坚强地像一株野蔷薇,在她的庇护下,我曾是一个悦目又刺目的女孩。我穿这个小城里最时尚的衣服,跳最流行的舞,初一的时候已经在交第二个男朋友。美云说:"东歌,只要你保护

好自己,我不管你和男孩子的事。我对你的唯一要求就是念好书,你要记住你的父亲是一个留过学的博士,你不要浪费他的好基因。"至于美云又是怎么在这么一个小城里认识一个博士,并与他有一段露水姻缘,她几次讲起故事都前后矛盾,我几乎要怀疑这个所谓的博士父亲是否真的存在,但听到邓丽君的《漫步人生路》美云会哭,是那种没有哭声只有眼泪不住往下淌的哭。这是真的。

美云唯一的心愿就是我能够考上名牌大学,再一路念下去,读完了国内再出国读。从小到大每一张奖状证书她都用玻璃纸封好贴在墙上。我曾是她的骄傲,也是她唯一的希望。后来我高考失利拒绝复读,和为安一起进了师大后,美云和我的母女关系名存实亡。这三年我们说过的话屈指可数。

我到永安的时候已经过了上午十点,在巷口吃了碗开洋混沌往家走。没想到刚好撞见美云懒洋洋地从巷子里走出来,像一滴轻薄的水珠,黄油般的阳光落在她肩上立刻就炸了起来。我停在原地好好打量她,美云还是这里远近闻名的美人,和当年一样,蓬卷的头发,脆弱的腰肢,纤巧的五官,一双太过世故反而显得无辜的大眼睛,卷进街头巷尾的流言蜚语中,"哦,美云啊……"男人们提起她来,总是露出暧昧而略带惆怅的笑容。朱美云,整个永安唯一一家舞厅——花好月圆的老板娘,他们是真的热爱过她。一个怎么也不肯老的女人,像是得到了妖精的帮助。

第二章 我一生的冷雪，你无法看到

我喊了一声"妈。"她抬起头怔怔地看着我，"你怎么突然跑回来了？没钱花了？"

我很想跑过去挽着她的手臂和她撒一次娇，可是我四肢僵硬，这样亲密的动作对我们来说都太过遥远了，所以我只是随便编了个理由："正好学校运动会放一个星期假，我在学校无聊就回来了。"

美云也淡淡地说："吃饭了吗？没吃自己去外面吃，我不知道你回来，没有做你的饭。"

"我吃过了，你忙你的，我先回家睡会儿。"

房间很久没有住人，积了不少灰尘，我随便打扫了一下，从衣橱里拿出被子，也是淡淡的霉味。大概是太累了，吹着空调吹出来带着淡淡霉味的风，我很快睡着了。醒过来又是一个黄昏，只是因为回到了永安，即便面对一天中最伤感的时刻，我也心安了很多。

洗过澡走出去，美云为我留了晚饭，也不过是外卖打发。我吃完了出门散步，沿着又长又窄的巷子走到了护城河。那是我和为安常来的地方，盯着来来往往的渔船，为安总幻想着这些船能把他带回大城市。

为安是13岁的时候被送到永安寄住在外婆家，他的妈妈金韵承诺她三年后一定来把他带走。虽然这么说，可是那个时候我们都知道这个约定的践行可能要远超过这个时限。为安的爸爸是贪污判的死刑，光靠他妈妈一个人要东山再起，不是一件容易的事。

青春隔山海

那时候的为安是郁郁寡欢的,他想念他家的那幢小别墅,想念妈妈精心栽种的兰花,想念他的钢琴,还有他国际学校里那些穿小制服打领结的同学们。三年之约烙在为安的心上,从此他的日子就是倒数着过的。外婆家墙上花花绿绿的日历纸,案几上那台上了年纪的发条古董钟。这是一个住在时间里的少年,他日复一日地催眠着自己,只要度过这梦魇般的三年,只要醒来,那个他熟悉的,优雅雪白的世界就会重新在他的眼前展开。

我无法给为安安慰,我能做的只是陪伴他,倾听他。为安说过他会永远记住我,因为对他来说,我是唯一一个雪中送炭的人。那个时候听他这么说我很高兴,只是现在想起这句话,有了新的理解,雪会化,炭会灭,没有人会一辈子记着生命里的寒冬的,即使他愿意,人生其后遇到的温暖人事也会逐渐融化那个寒冬。为安遗忘那个时候的我是必然的,而我却最喜欢那个时候的为安。一千多个日夜,那种孤儿式的相亲相爱,我想我一生都无法走出那些带着煤炭味的晨雾和湖水般荡漾的黄昏。

我在河边的栏杆上坐到天黑透了才离开,小城的夜生活自有它的热闹,比如河对岸,那个叫花好月圆的舞厅,美云在舞池里摇曳生姿,开始了一天的生活。

我绕了一圈来到这幢外面看起来很不起眼的两层旧洋房,走进去是别有洞天,梦想中的风月场,流光溢彩,披红倚翠,当得起《红楼梦》里那八个字:千红一窟,万艳

第二章 我一生的冷雪，你无法看到

同杯。这里因为美云的坚持，依然保留着最古老的风情，老江南的靡丽之音，粉光脂艳，荡漾着六朝金粉的美酒，缠绵诡谲的光旋转来旋转去。

我坐在角落里，喝了几杯酒，舒展好多。散了头发抱膝依偎在暗色的沙发里，这里是安全的，温暖的，少年为安和少年东歌永远生活在这里，没有消失，在另一个时空里不断循环播放着，只是我的眼睛看不见他们而已。

夜更深了，更多的人涌进来，呵，那些原本疲惫僵硬的中年人，来到这里恍入异境飘飘欲仙，眼前有一片香云压地而来，那些个年轻得不像话的女孩，笑是她们仅有的含义丰富的语言。抛金撒银吧，然后扶起她们细细的腰肢，轻轻摇摆，慢慢摇摆，年轻时尝不到的重视，得不到的青睐，现在这一刻都换的来。一颦一笑都向着你，没有心依然动人心魄，这一刻是多么痛楚而极乐，耀眼刺目的光打在你们身上，整个人都快饱满透明，牵动一下，就要碎得满地都是。

这是情欲带来的快乐，只有情欲没有爱，因而会有这种穷途末路的感觉。放纵与罪恶感能把快乐架到最巅峰，但是太短暂了，下一秒就会烟消云散。我从小耳濡目染，在这里见过、感受过太多这样的快乐，也许幼年的我还体会不了这究竟是怎样一种快乐，但隐约已觉得悲哀。我没有想到，日后，我最深爱的人，给过我唯一的快乐，就是这样一种穷途末路的快乐。

青春隔山海

　　接连好几个晚上我在美云的花好月圆醉得不省人事,美云和她男朋友两个人合力才能把我拖回去。长夜里,铁门开了铁门关上,屋里又只剩下我和美云两个人。我醉眼朦胧地望着美云还踩着高跟鞋为我煮醒酒汤,原本麻木的心又难受起来了。我后悔我为什么要回来,我一定是连累美云了。我的妈妈吃过这么多苦,好不容易有这样平静的近似婚姻的生活,我的出现却把这些完全打破了。

　　那天晚上我睡在床上,像睡在一团火之上,时醒时睡,听到窗外几声闷雷,紧接着暴雨酣畅淋漓地砸了下来,我这才觉得安稳,开一扇窗湿气扑在脸上。很奇怪,外面越是暴雨如注,我的内心越是平静,这么睡了不知多久,雨停时天也快亮了。我去客厅找水喝,看到美云留给我的便条说她去通宵麻将,不用找她。

　　我也睡不着,于是披了件外衣坐在河边一边等天亮,一边等美云。我无所事事,心里也不知在想什么,可是也不觉得时间过得慢。晨雾全散开时,美云肩拎着她的小挎包,我哈欠连天地喊了声,"妈。"

　　"怎么坐在这里?"

　　"想跟你一起吃个早饭,我们母女好久没有一起吃早饭了。"

　　美云说:"走吧,刚好赢了笔不义之财。"

　　这个小城最常见的早点,鸡汤混沌,小笼包。和美云面对面坐着,递醋递纸巾,有一种淡淡的温馨。我对美云说:

第二章 我一生的冷雪，你无法看到

"妈，在家里也休息够了，我待会就回学校了。"

她握着的搪瓷汤勺在碗口顿了顿，说："好。"

"妈，谢谢你。"

她抬头看我，"下次有空再回来。"阳光透过玻璃有一些刚好印在美云的脸上，看上去，像一个微笑的样子。她转了转脸，阳光就跑到别处去了。

6. 老男孩的往事很下酒

整个回程我都在半睡半醒中度过，在逼仄的车厢卧铺上，睡时梦到一些关于永安的吉光片羽，醒过来时有一个极短的瞬间，我想起顾小北，那个他陪我酗酒的夜晚，以及那一个从酒桶里捞出来的沉酣的长长的吻。我被火车带着驶入渐渐晦暗的天色，那个时候，我并不知道，顾小北在我失踪的这几天里，一边和他的女孩们约会，一边找我。

我是被乘务员叫醒才知道火车到了终点站，起来一看懵了，行李什么时候被人拿走都不知道。随人流出站，浑身除了一直握在手里的手机，身无一物。我沮丧地坐在路边，觉得自己真是蠢到了家。翻过通讯录，发现没有一个可以

青春隔山海

在这个时候求助的人,整整三年我竟全依附着为安生活。

已经是近入秋的时节,武汉的夜晚凉意沁人,我在路边徘徊了一个小时,回答了无数遍我不要住宿。手无意碰到牛仔裤口袋,感觉到一张硬纸片,连忙拿出来,竟然是上次顾小北带我去唐朝时齐明给我的积分卡片,上面有一个外卖电话,这似乎成了我唯一的希望。

我犹豫很久拨通了电话,说:"齐哥,我是东歌,你还记得我吗?上次顾小北带我去过你那,你有印象吗?"

"是东歌啊。我当然记得,你这几天去哪里了,顾小北到处找你。他现在就在我这里,我们一帮人在店门口吃火锅,东歌你在哪,要过来吗?"

我简单地叙述了我的状况,齐哥听了立马说:"你在原地不要动,我二十分钟后过来接你。"他这么短短一句话,我连声道谢。

挂了电话我才想到刚才齐哥说顾小北到处找我,他大概是这个城市唯一会找我的人了,我想起他那天说的他像一个守灵人,守我的灵。那样沉沉的语气,可能真的是为我难过。这么想来顾小北是一个有情有义的人,至少让我感觉到了一点温暖。

齐哥开着他的摩托车来载我,递给我一个头盔,"东歌,快上来,这里不准停车。"

我连忙爬上车,刚坐稳,车子嗖一下就开了出去。

"齐哥,谢谢你,我都不知道说什么了。"

第二章 我一生的冷雪，你无法看到

"你说什么？"

夜风呼呼作响，我又大声地吼了一遍，"我说齐哥，谢谢你！"

他也大声回我："没什么谢的。本来顾小北要来的，我怕他喝多了出事，没让他来。"

齐哥直接把我带到了他店门口，我双腿打哆嗦站不稳，齐哥大笑，双手一捞就把我抱了下来。我双脚着了地，视线才能集中，好大的阵势，男男女女围坐在一起，满地空酒瓶。齐哥喊了声："东歌我接来了。"

顾小北原本埋头睡着，听到声音勉强抬起了头，我也不知道他看不看得清我，正打算跟他说声谢谢，他吐出两个字："瘦了。"紧接着又爆出句粗口："靠，你们女人怎么都爱玩消失，耍的人团团转有意思吗？"

不跟醉汉理论是我一贯的做法，我接过齐哥递给我的碗筷，找了个离顾小北最远的地方坐下。我真饿了，上了车就没怎么吃东西，刚吃两口，顾小北指着我的鼻子："东歌，你坐我旁边来。"

"我肚子饿，要先吃饭。"

"你听我一次会死吗？"顾小北不依不饶。

我火气噌噌上来，顾小北就是有这种本事十秒内让我发火。我正要摔筷子，旁边一个胖胖的男生夹了一块鸡肉给我，"别管，你吃吧，他喝得差不多了，整桌人没人理他。"

男生叫陈珂，我笑着打了招呼，见他另一边坐着一个

青春隔山海

长发女生,问:"女朋友?"

"NO,是前女友。我叫崔心美。"那女生抢着回答。

"我叫东歌,东方的东,歌谣的歌。"

陈珂说:"我们都知道你,顾小北说过你很多坏话,你们还是高中同学?"

"他狗嘴里吐不出象牙。"

"你别跟他计较,他不是针对你。他心情不好,差不多算失恋,前一阵一直在追的那个女孩对他若即若离,像耍他一样。蒋少冬你认识吗?"

我当然知道,我们经济学院的院花,追过为安好一阵儿。那小三儿模样,化成灰我都认得出来。我看向醉醺醺的顾小北,想笑不敢笑。

"顾小北果然没说错,看到他倒霉你就特开心。"陈珂看着我笑,举了举酒杯,"东歌,我们喝一个。让我见识下你酒量,看以后喝酒能不能算你一份。"

"前三杯我干了,不过今天不能多喝。我这一阵喝恶心了,你让我缓缓。改天我请大家出来喝酒,爱喝多少喝多少。"

"行,说定了。"陈珂是个爽快的北方人,我喝一杯他喝三杯,痛快极了。我兴头上来,早忘了喝吐时的难受,跟他喝起来。崔心美也加入了我们,喝到最后只剩下我们仨还有齐哥,顾小北不知跑哪去了。

齐哥喝多了打开话匣子说他的过去,诸如当兵的那些

第二章 我一生的冷雪，你无法看到

年清寒苍白的生活，诸如被交往了七年的大学生女朋友骗钱后甩了等等。他的人生是扎扎实实的苦，浸着心酸和挣扎，是与我们以为的苦截然不同。有这样一个道理，大抵在说"不见得你挨得苦比别人更多，你不过表现得更精彩些。"还有一个道理"痛苦是可以通过比较而减少的，当你见到一个真正痛苦的人，你的痛苦就无足轻重了，你会被一个念头击中——幸好你不是他。"可能真的是这样，凝视着齐哥年轻却疲惫消沉的脸，为安带给我的那些我曾以为永远无法摆脱的伤痛，它们在一点点往下沉。

夜更深了，突然都沉默了下来，齐哥也说不下去了，他有些抱歉地说："跟你说这些废话，无聊到你们了。"

我摇头，玩笑道："齐哥你的陈年往事很下酒。"我敲敲空酒瓶，"看，又空了一个。"

顾小北冷不丁站在我背后，冒出一句："东歌，能耐了啊，酒量更上一层楼。"

我吓了一跳，怒目而视，这厮显然酒醒了，神清气爽、玉树临风地站在那里，俯视着我们四个酒鬼，发号施令："两点了，该散了，齐哥明天上午还要开店。"

顾小北这个扫兴的家伙。我快快地站起来，甩给他一张臭脸。他怪叫："还给我摆晚娘脸，你今天是打算睡大马路吗？"

这才醒悟自己是身无分文，只好呈上笑脸，"借我钱去开个房，明天还给你。"他抱臂胸前，"你觉得我会让喝成这样的你一个人去开房吗？"

齐哥也说："东歌你一个人我们都不放心，你还是跟小北回他那吧。和上次一样，你睡床，他睡地板。"

我看向顾小北，"哦，我睡床，你睡地板。"

顾小北脸红起来，走过来一把钩住我脖子带着我往前走，"废话那么多，赶紧回去睡觉。"

"谎话编的挺溜的嘛。"

"白痴！我是为你好，好不好。"

陈珂和崔心美跟在我们后面，我这才知道原来陈珂和顾小北是室友，也就是那个二锅头的主人。我扭头看了崔心美一眼，小声对顾小北说："就是那个姑娘劈腿了？那么这会儿是什么个情况？"

"你跟陈珂很熟吗？关你屁事。"

"顾小北，听说你失恋了。"我故意哪壶不开提哪壶。

顾小北瞟我一眼，"我跟你很熟吗？关你屁事！"

"抱着睡了一夜而且准备睡第二夜，你说熟不熟。"

顾小北的表情像吞了只苍蝇一样，"靠，东歌你是女的吗？知不知道害臊？"

"我喝了酒就是男人，快跟我说说蒋少冬，她你都搞不定啊，为安来我们院帮我带了节课就把她迷晕了。"

"东歌闭嘴，再说一个字我把你丢大马路上，你试试。"顾小北恶狠狠地威胁我，我识时务地闭上了嘴。

顾小北租的房子在六楼，我一进房间他就把我往浴室

第二章 我一生的冷雪,你无法看到

推,"一身酒味别想睡我的床。"

我骂了声混蛋,有气无力地拉开淋浴的帘子,才发现浴缸里已经放了水,水温刚刚好。顾小北在门外说:"这个洗手间就我一个人用,干净的。你泡个澡再睡舒服些。干净衣服我给你放门口了。"

我感动得眼泪都要掉下来了,"顾小北你是不是以前欠我一大笔钱而我又不记得了,你心里愧疚所以才对我这么好啊?"

顾小北半晌没说话,扔给我两个字:"白痴!"

我洗完澡出去,顾小北一个人在踢实况,踢得专心致志,理都不理我。我关了灯在我上次睡的地方躺下,安静下来才听到隔壁若有似无地传来少儿不宜的声音。我脸通红,尴尬地要死,只能装睡。顾小北叹了口气,关了电脑上床睡在另一边。

我更加睡不着,翻了好几次身,被顾小北抱住,"东歌你再动来动去我把你踹到床底下!"

"你先放开我。"

"你睡着了我就放开你。"

过了好一会我还是没有睡着,顾小北叹气,"姑奶奶,你是让我去敲隔壁的房门吗?"

"算了。"

"那快点睡觉!"顾小北睡得迷迷糊糊的,还是把盖在身上的薄毯分给我一些,"怎么身上冷得像个死人,我家没热水给你用吗?"

  顾小北今天晚上真的是把我感动到了,我脸蒙在毯子里,说:"顾小北,你上次说你看着我像在守灵,那么你可不可以多守我一会。我马上就会走出来。"

  他嗯了一声,"我带你认识的人都是值得交的朋友,他们你尽管拿去,你自己交到了朋友再还给我。"

第三章 科尔多巴城孤悬在天涯

科尔多巴／孤悬在天涯／漆黑的小马／圆大的月亮／橄榄满袋在鞍边悬挂／这条路我虽然早认识／今生已到不了科尔多巴

——洛尔迦《骑士之歌》

7. 五花马，千金裘，呼儿将出换美酒

有一个下午，我在宿舍的阳台上晒太阳，读到这首西班牙诗人的诗，我的手边还有一封为安的信，距他离开我已经有77天。信不长，告诉我平安，不要去找他，也不要原谅他，还讲了一些他在北京的生活，随信是一张他的近照，和徐砚美在三里屯拍的，两个人都笑得特别灿烂，我用涂改液把徐砚美的脸涂上，然后把这张照片贴在书桌对着的

青春隔山海

墙上。盯着照片看了很久,到底还是笑了,至少为安过得快乐。至少我也振作了起来。

我没有想到我会这么平静,可能就像那首诗说的,为安已经是我生命中的科尔多巴城,在远远的天涯悬挂着,永不可接近。路途再熟,也无法抵达了。

惯例太阳落山了去操场跑六千米,去浴室洗完澡到齐哥那里喝一杯他为我特别调制的减肥果汁。陈珂和他的前女友、齐哥的小追求者高二小学妹卢珊还有顾小北都在那里,不过今天旁边多了个蒋少冬。老天,我真的是讨厌蒋少冬,锥子脸,轻薄长相,丫头歌姬那种扶不正,逃不了风流韵事。我不想和她说话,远远地趴在齐哥调酒的窗口和他聊天。

蒋少冬拍我的肩膀,"这不是东歌吗?你怎么胖了这么多,我都不敢认你,是问了小北才确定是你。"

我翻了个白眼,没好气地说:"我之前更胖!60公斤像只肥猪。为安那时要和你谈恋爱,胖的人就是你了。"

她表情讪讪地,"陈为安真的被开除了吗?东歌你知道他在哪里吧。"

我学顾小北的语气:"陈为安和你很熟吗?关你屁事!"

"说话这么冲干吗,谁踩你尾巴了,你炸起来。"

"不好意思,大姨妈大驾光临,脾气阴晴不定,浑身地雷,连累你了。"

蒋少冬头一甩,像蛇精一样扭着屁股走了,顾小北瞪

第三章 科尔多巴城孤悬在天涯

我一眼:"待会回来跟你算账!"我毫不示弱地瞪回去。护花使者走没一会,我就收到条短信:"东歌,有你的,我现在算是体会到农夫和蛇这个寓言故事的真谛了。"

我回他:"白痴!我是帮你出气好吧。我昨天在武汉广场看到她和一男的在逛街。你自己问她有没有这个事。"

"你确定?"

"看走眼了你戳我眼睛。"

顾小北走了,我们仨斗地主三缺一,于是叫上卢珊。卢珊是这附近六中的学生,追了齐哥很久,每天雷打不动逃了夜自修来齐哥这里买一杯"难得有情人",坐到齐哥打烊,她就回家。也不怎么跟我们说话,齐哥问她一句她就答一句,其他时候一个人闷闷地听MP3,卢珊很瘦,齐刘海,大眼睛,小小的身子缩在大好几号的校服里,倒有点像饶雪漫小说里走出来的叛逆少女。

我挂上知心姐姐的笑容,"小学妹,来和我们打牌好吗?"

她看向齐哥,齐哥正背对着我们调酒,我连忙喊他:"齐哥,允许小学妹跟我们打牌吗?"

"玩一会也没事,卢珊,跟他们玩吧。"齐哥和卢珊说话的语气和对我们不一样,轻声细语,好像怕吓到她一样。

我们玩了一会,顾小北一路踢着石子回来了,最后一脚还把石子踢我脚上,我瞟他一眼:"某人心情不好哦。"

"她说是她表姐的男朋友,表姐也在,你看到他们的时候她表姐可能刚好去洗手间了。"

我打了一个炸弹,"鬼才信。"

顾小北双手插兜里,说:"我信。"

"那你鬼都不如。"

"东歌你自己活了就爱管别人的事。"

"得,好心没好报,算我什么都没说。"我把牌一丢,"顾小北补上,我还有点事儿。先走会。"

陈珂怪声怪气地说:"这大晚上的能有什么事啊?"

崔心美帮腔:"咦,东歌,我怎么觉得你今天打扮有点不一样啊?还洒了香水,你不是说刚洗过澡吗?为什么洒香水,你是要去夜会男人吧。"

我脸红起来,"什么男人啊,就一个小学弟,挺聊得来,还玩乐队,今天请我去他朋友开的酒吧看他打鼓。"

他俩切了一声,招呼顾小北玩牌。顾小北一边抓牌一边说:"我听你宿舍人说你这个星期两次夜不归宿了。今天要是超过十点半还没有让我在这条回宿舍的必经之路上看到你,我就去舍管阿姨那里检举你。"

"顾小北你有毛病啊!谁告你我夜不归宿的?"

"你舍友姜姚兼职饭店的毛血旺挺好吃的,我常去。"

"顾小北,算你厉害!爱管闲事你排第二没人敢排第一。"

"手机一定开着。十点半还不出现在这里就等我去找你。什么姑娘啊,就爱在大晚上出去玩,连累我们担惊受怕。"

第三章 科尔多巴城孤悬在天涯

我对他翻翻白眼,拎包扭头走人。走了几步还听见顾小北这厮在说我坏话:"大小姐还不乐意了,我就没见过这么爱使小性儿的女人。"

切,我爱使小性儿总比蒋大美女给你戴绿帽儿好吧。白痴,见美女就犯晕,智商一路跌到停。

小卓带我去的酒吧名字很有特色,走进去也是很浓的文艺气息,有美酒,有老爵士,还有抽着烟媚眼如丝的老板娘,气氛很好。他为我点了一杯玛格丽特,陪我聊了会儿天,自己跳上舞台准备表演。开演前向我调皮地眨了眨眼睛,我回一个媚眼过去,转身去洗手间。正在洗手的时候,突然有个女人气势汹汹地朝我冲过来,我还没有反应过来,已经结结实实挨了一巴掌,一下就懵了。只听到她说:"贱货!让你勾引小卓,让你当小三!你以为我抓不住你!"

我回过神正要反击,那疯女人后面又追来一个帮手,一看愣在那里,竟然是蒋少冬!她看到是我,也愣了愣,"东歌,怎么会是你?"

"少冬你认识她?"暴力女指着我鼻子凶巴巴地问。

"姐,她是我同学,你是不是弄错了,她不可能和小卓在一起,她有喜欢的人。"

"我管她有没有,我打的就是她。因为她啊,小卓要和我分手!少冬,把人都给我叫进来,我今天就要给这个女的点教训,给她长点记性!"

我看向蒋少冬,她犹豫了一下,"这几天是你和小卓

青春隔山海

每天发短信,聊天到半夜吗?"

"我们就是普通朋友,聊聊音乐什么的。你姐误会了。"

"我不管你知不知道,反正事情是因为你起的,你介入了我姐和小卓中,害得我姐这么伤心,这些都你该得的。"她转身要出去叫人。我心想这下大条了,趁那个蒋少东表姐不注意,脱下高跟鞋往洗手台的玻璃砸上去,哗啦一下,配上我的尖叫,终于惹来了几个人的注意。小卓也跑了过来,见到这样的景象,一张脸冷得吓人,走过来一把猛地把她女朋友推向洗手台,"你总是改不了,总是疑神疑鬼,总是让我喘不过气!背叛你伤害你抛弃你的是那个臭男人,为什么你要像对待他那样对待我!我们已经分手了。"

蒋小卓的前女友手压在洗手台上,被碎玻璃割出了血。蒋少冬带进来的三个女人,一看这样的场面走上来就打,小卓护着我,我们二敌五力量悬殊。女人和女人之间的撕咬就像几只猫弓起背伸出爪子打架,叫声刺耳,爪子尖利,场面混乱,最后这场猫架以老板娘带了两个保安进来方才停止。

我鼻青脸肿地坐在酒吧外的大马路上敷冰块,脖子里好几道指甲划痕,我清楚记得是蒋少冬抓的,一定是趁乱报私仇。不过我也没放过她,揪了她不少头发。她们那帮人坐在对面的马路,蒋少冬一直低头打电话,我猜她是在跟顾小北告状。

果然,不到15分钟,兴师问罪的人来了。顾小北下了

第三章 科尔多巴城孤悬在天涯

出租车,把我当空气一样擦过就往蒋少冬那走。我朝天翻了翻白眼,陈珂把我的头当木鱼拍了两下,"你真是越来越能闹事了。"

"这是无妄之灾,我怎么卷进去都稀里糊涂的呢。"小卓看到我有朋友过来了,这才放心去医院包扎,他的手臂被玻璃划破了好长一条口子。走时对我说了声:"对不起,我真的只想和你做个普通朋友,没想到连累你了。"

"没事,我不怪你。不过朋友是不敢做了,我怕她下次泼我硫酸。你,照顾好自己。"

小卓笑了笑,招了辆出租车走了。

正当我们说话之际,顾小北把蒋少冬一帮人也安置了两辆出租走了,不过我意外的是他自己没走,而是冷着脸笔直地朝我走。我心发虚,直问陈珂:"顾小北打女人吗?他不会是要替女朋友出头吧?"

"那你也活该,我还第一次见到一直扮女神的蒋少冬今天这么狼狈。顾小北过来了,越来越近了!东歌你死抓我干什么!"陈珂幸灾乐祸的样子。

顾小北在我面前站定,居高临下地看着我。我先发制人,"女生也偶尔打架嘛,打架难免有误伤嘛,蒋少冬脸上的伤只有几下是我抓的。她也抓我了,已经两清了,不兴你这样大国干预,秋后算账的。"

顾小北来势汹汹,果然一开口就把我当孙子训:"东歌你脑子有毛病吧。你是烧坏了还是智商就那么点儿?你

青春隔山海

是好几天就要犯病一次,折腾点事儿出来对吧。陈为安跟他老师好上了,你就学他当第三者,全世界就你们两个最牛,金光闪闪的!"

顾小北真的是惹毛我了,我一袋冰全往他脸上砸,"骂谁第三者呢?你给我嘴巴放干净点!我们怎么样关你屁事,轮得到你指手画脚吗?再说了我爱交什么朋友就交什么朋友,我爱怎么折腾是我自己的事,用得着你操心!"

"你们?"顾小北冷笑一声,"你自己心里清楚,这个你们到底存不存在,他有没有把你当那个们!"

我被他气得发抖,伸手就狠狠推了他一把。陈珂出来圆场,"哎哎,都过了啊。大家都好朋友,不带这么话中带刺伤自家朋友心的。"

我脱口而出:"谁跟他一家!不就抓破他女朋友一点儿,就急得跟狗跳墙似的。要不要给你抓回来才一口气顺得下来啊。"

顾小北咬牙切齿的模样真是可怕,我见好就收,扭头就走,却被顾小北一把扯了回来,这个混蛋,竟然抓我的头发。我恶狠狠地说:"你放不放手,再不放我咬人了!"

"没吵完架别想走,我不喜欢跟人有隔夜架。"

"那你想干吗。"

"去齐哥那,说清楚才准走。"

于是三人打车回学校,本来去的时候还准备将吵架进行到底的,结果喝着喝着就开始勾着肩膀掏心掏肺。陈珂

第三章 科尔多巴城孤悬在天涯

红着眼睛说:"东歌,你也别怪我和顾小北多嘴。我们是真把你当朋友,没碰到几个姑娘像你这么爽快不扭捏又禁得住这么喝的。我们都是看着你怎么好起来的,看到你夜不归宿我们心里就发虚,又怕你和以前一样。你不知道你那时候的喝法,简直就是酗酒。正常姑娘没几个扛得住的,早酒精中毒送医院了。这次又是因为一个男人跟人女朋友在酒吧打起来了,顾小北和我刚听到,真的是从椅子上炸了起来,马上跑出去拦出租。东歌,哥们就摆句你不乐意听的话,我们就希望你情感世界是健健康康的,别被一个人影响了。"

陈珂第一次跟我说这么长一段话,讲得我感动又难过。我灌了口酒,对顾小北说:"对不起,这次算我欠你一次。"

他凉凉的眼珠子转向我,"下次是要还的。"

喝到两点散场,还是睡在顾小北那。我驾轻就熟地盖了薄毯,抢了他的枕头,蒙头就睡。顾小北调侃我:"你倒是挺自在的啊?真把我这儿当行宫了?陛下您要小的帮您置办套生活用品吗?"

我手臂一挥,"准了,甚得朕意。有赏!"

"神经!睡觉。"

快睡着前,我又跟顾小北说了句"对不起,害你和蒋少冬吵架。"

他嗯了一声,算是接受。

"你为什么会喜欢蒋少冬?就因为追她的人多吗?"

"就有一次闲得无聊进我们学校贴吧,看到有一张评校花的帖子,点进去看到她,第一眼觉得挺漂亮的,就开始追了。"

我骂他:"肤浅!"

"你深沉!"

"我爱一个是会爱他的灵魂的。如果我爱上他的灵魂,不管他变成什么样的人,我都会爱他,因为灵魂是不容易改变的。"

"东歌。"顾小北满含怜悯地看着我:"你还相信那东西吗?那都是假的。比如现在你睡在我身旁,你还相信你和陈为安是命定的一对吗?"

我转脸看他:"对,我就是有一种感觉,我和为安还没有完,我们完不了。"

"好,那我等着看你们好戏开演。"顾小北转过身,给了我一个冷漠的背影。

8. 我们渺小的美梦

很多时候我们不能否认,生活的继续很大程度上靠的是惯性,比如顾小北一如既往地在蒋少冬身上大把砸钱,陈珂依然被前女友呼来喝去,卢珊每天从饶雪漫的小说里

第三章 科尔多巴城孤悬在天涯

走出来两小时到齐哥店门口坐一会儿,还有我,我惯性地想起为安,开心的时候,难过的时候,半夜睡不着趴在阳台上抽烟的时候。

不过这一阵我们几个对齐哥的感情进展比较上心,卢珊把我们都感动了。我就纳闷这年头的90后是不是都读过安妮宝贝,不然怎么个个都是一股"爱情是一个人的事"的痴情勇敢劲儿啊。顾小北对卢珊就挺好,没少探过齐哥的口风。这天齐哥不知道为什么神情郁郁的,过了十点也没什么客人了。顾小北说:"老男孩是有心事了。走吧,兄弟两百块买你两小时,提前收了店跟我们去喝酒吧。"

齐哥也爽快,拿了他两百块就放口袋里,"用这钱给大家买酒喝,给他骗女孩子还不如我们自己人喝酒聊聊天。"齐哥老爱说自己人三个字,听着特别亲近。

武汉夜生活以吉庆街铺天盖地的露天大排档为一特色,齐哥领着我们转了几个弯到了这条灯火通明的烧烤街。走进其中一家,老板显然也是熟人,操着福建口音,说:"小齐,好久没来啦。抽根烟,抽根烟。"

福哥福嫂将我们视作贵宾,忙前忙后招呼我们,食物分量也给得特别足。冰镇的啤酒两箱蹦蹦一下就开好,他们仨男的先喝上了,一眨眼空了半箱。我说:"你们悠着点啊,这夜还长着呢。你们谁要吃我烤的鱼?"

顾小北冲我甩手,"男人说话,女人别插嘴。"说完扭头看齐哥,"齐明,兄弟今天就明着问了,对这个卢珊,你到底是什么态度。我看她挺好的,你要再这么不表态,我撮合她和陈珂了。省得他成天围着前女友转,那个没出息的劲!"

陈珂不乐意了,"哎,顾小北你自己看上了别推我身上。"

"别烦,我找齐明说正经的。齐明你自己说,你就天天让一个小姑娘厚着脸皮坐你店门口两个小时,我们看着都难受。卢珊哪里你不满意了?要脸蛋有脸蛋,要身材有身材,人成绩还好,天天逃夜自修还考年级前十名。你要这么个优等生成天干这糟蹋自尊糟蹋智商的傻事你开心啊?又不是东歌,东歌要做这事符合她的智商,也符合她扭曲的世界观人生观爱情观。"

我白他一眼,"顾小北,你是有病吧。我哪里惹你了。"

他贱贱地说:"我有的时候看到你就特别不爽,就想骂你几句。"

我懒得理他,转头看齐哥,"齐哥,顾小北虽然嘴巴贱,不过说的话也有点人味,我也挺想听听你的想法。我们跟卢珊认识也差不多有个把月了,我们都替她难受,你就一点不觉得心动或者感动?"

"换你有这么个姑娘追着你,你怎么想?"齐哥喝了口酒,"我其实心里特虚荣,我甚至巴望着她能天天来,别找我要结果,就这么天天来。我天天给她调最好喝的酒。可是我也知道这不可能,卢珊,我配不上,我一个初中学历,75年生的老掉牙的人,连网都不怎么会上的人,听的

第三章 科尔多巴城孤悬在天涯

最流行的歌手撑死了也就张学友。我根本不知道你们说的什么周杰伦啊王力宏，你说我拿什么去配人家？"齐哥大概是有点喝醉了，因为他说了下面这样一句话："和你们在一起有的时候我就嫉妒你们，看你们爸妈养着无忧无虑，可我一早就出来生活了，我就觉得生活特别苦，没一件开心的事。"

齐哥一说完，我们仨都不说话了。我别过头喝酒，我不能否认齐哥说的，可是我也无法向他解释，我们的苦在哪里。也许现在只有那些情情爱爱让我们悲喜两重天，但是我们这被称之为"垮了的一代"的成长也有很多隐痛，藏匿在身心，不被发觉，不被重视，却刺得我们不得安宁，是被煮在温水里的青蛙。如果一无所有埋头只为生计，那么提到"灵魂"这两个字就不会心酸害怕。人是不能这样比的，越是美的时代人越脆弱。

顾小北也喝了一口酒，他的眼睛在黑夜里发亮。他说："齐哥，你不能这么说我们。我们也不是那么快乐。举个例子，你看看东歌，她和我们喝酒也喝过不下十次了，你也见到，哪次喝醉了不是眼泪像掉线珠子一样。对，我们是能说她眼泪不值钱，说她矫情，没脑子，说她死磕。可是我们能否认她难过吗？我们每个人都是有内心世界的，我们都明白地看出来，她的内心世界坍塌了，没有秩序了。她这种苦和你讨生活的苦不能用来比较。如果硬要比，你问问她，她愿不愿意跟你换？"

青春隔山海

我有点明白顾小北的意思了，也明白了一直以来齐哥抗拒卢珊的主要原因，不是配不配，而是"不公平"这三个字在作祟。我说："齐哥，我是一个很宿命的人，我总觉得我们一生的快乐一生的苦都已经安排在那里了，只是等着我们去经历罢了。没到头，你不能说谁幸运，谁的人生又特苦。齐哥，你和我、顾小北、陈珂是一样的人，什么不是一个世界走不到一起这种都是屁话。卢珊幸运你坎坷，卢珊单纯你世故，如果这是的观点，你一定要这样划鸿沟的话，那么爱就是可以让这些鸿沟消失的唯一方法。齐哥，我们都不希望你错过，你也不要和我们否认了，你喜欢卢珊，你看她的眼神真应该去照照镜子，可以媲美影帝梁朝伟了。"

我不知道齐哥被这些话触动多少，他只埋头喝酒，又两瓶下去后说胃痛，一问才知道他忙起来中饭晚饭都没有吃。顾小北听了，骂了他一句，立刻去对面要了碗汤面端过来。我们瞪着六只眼睛巴巴地看着齐哥吃面。他吃着吃着，突然抬起头说了一句，"等我把唐朝扩大店面开成盛世唐朝时，我就和卢珊在一起。如果那个时候她还喜欢我的话。"

我们连忙拍手叫好，陈珂说："不就是一两年的事情嘛，卢珊今年高二，明年考大学就留在本地，考得出息去武大，考砸了就来师大当我们学妹，我们罩着她。"

我接他的话，"那我们现在要不要把齐哥的话偷偷告诉卢珊让她定定心。撮合一对是一对，这辈子积德下辈子

第三章 科尔多巴城孤悬在天涯

会有好姻缘。"

顾小北拿眼睛斜我:"你就这么点情啊、爱啊的出息。"

"你出息,你出息你给我说说你伟大的梦想呢?"

我一问就把顾小北问住了,他装模作样想了半天也没支吾出来,还是陈珂帮他直言:"发掘并追求到一个比蒋少冬更好看的姑娘。"

"你要能把这个当成你的梦想你就出息了,别成天崔心美崔心美的,她是长得天仙还是身材魔鬼啊?"顾小北被陈珂揭了底,立马拆他的台。

陈珂懒得理他,转向我,"东歌,你在我们这帮人里面算厉害的了,顾小北跟我说过你高中就差点出本诗集。你的梦想要比我们崇高点吧,说来听听呢。"

我嘴正抵着瓶沿玩,一愣神滑了滑,牙齿咬破了嘴唇,我咽下有淡淡血腥味的唾沫,说:"我和为安认识了九年,九年里我答应了他好多事。我就想,我要把答应了他的事情都完成,然后,和他结婚。"

显然我的回答在顾小北意料之中,他埋头专心吃他的羊肉串,瘦肉吃掉,肥肉吐掉。但是我令陈珂失望了,他愣了愣,才叹息道:"齐哥,我们中还是就你最有追求,好歹想开个盛世唐朝,有事业心!"

齐哥笑了笑,让大家喝酒。顾小北解决完他的羊肉串,突然冒出一句话:"我的梦想就是一辈子都很有钱,每个月包个气派点的地儿,想见我哪个兄弟姐妹,一个电话给他们，没时间的买他们一天，远的专车接送，就大家常聚聚，喝喝酒，吹吹牛，男人看球赛女人看韩剧，中场休息一起唱唱歌跳跳舞。你们可能说我无聊，但这就是我的梦想。"

喝到这个时候又到了我们掏心掏肺的时候了，陈珂用力拍了顾小北肩膀一下，"小子有义气啊！我以后就跟着你混了。"他又抓了抓头，说："我倒也没什么特别想完成的，我就是想回老家平平淡淡过小日子。像我那些老师那样教学生写毛笔字弹钢琴赚钱，再娶个脾气好的老婆，当然最好就还是崔心美，但愿那个时候她能懂事点儿，别整天想着名牌包包漂亮衣服。"

陈珂说完，那仨男的都不喝酒了，直直地看着我，等着我说点什么。好像我刚才说我就想要和为安结婚侮辱了"梦想"这一个神圣的词一样。可是我其实喝得挺多了，脑子里一团糨糊。我揉了揉眼睛，说："我就希望有个正常的家，生个孩子有爸，爸给我们娘俩挣奶粉钱。"

这次喝酒不到十二点就散了，原因是陈珂临时被崔心美一个电话叫走，说她跟男朋友吵架心情不好，想找人聊聊天。顾小北有一回告诉我他们之前分手的原因是因为崔心美的妈妈嫌陈珂不是常州人。崔妈妈对未来女婿只有两点要求，一是常州人，二是常州市区人。陈珂两样都不沾边儿，所以尽管他书法十级钢琴八级中级口译，依然被淘汰。用崔妈妈的话说就是："这些都是锦上添花的东西，就能看看。但是坏了老规矩嫁出去也不风光。"崔心美当初也

第三章 科尔多巴城孤悬在天涯

闹死闹活过，现在这就成了她随时可以骚扰陈珂的资本，比伸手招出租还方便，还不花钱。

陈珂像一只小警犬，手机还拿在手里就跟我们挥手，"兄弟这回先撤了，下次我回请。"说完一溜烟走了，顾小北鼻子哼了一声，很不满意。齐哥又坐了一会，也要走了，说："今天特别累，想早点回去好好睡一觉。"最后就剩下我和顾小北，面对面干瞪眼，瞪了一会儿顾小北就发神经了，说："我现在特别想去压马路，东歌你跟我一起去。"

我翻白眼，伸条玉腿给他看："你让我穿这么个细高跟儿陪你大晚上压马路，我脑子有毛病啊。再说我干吗要跟你一起去，把钥匙给我，我回家睡觉。"

"你不去谁陪我一边走一边聊天。再说，那是我家，那是我床，你要付出同等劳动才能换取。快点站起来，现在出发，两点前回来。"

顾小北说着就把我拽了起来，在正在收摊的路边摊三十块买了双假匡威，提着我的高跟鞋一边走一边摇晃，"再不跟上来我就把它们丢垃圾桶去了。记得你上次欠我一次吗？今天就还给我。"

我没话说。不过还好，这晚天气不冷不热，夜风凉凉的，满天的星星，路灯下的梧桐树，地上的落叶，踩在上面，清脆的碎声。我渐渐有了兴致，越是累越不想停下来，最后顾小北讨饶，他说："如果这会儿折回去我就请你吃肯德基，爱点什么点什么。"

看到顾小北累到有气无力的样子,我当然不会放过这个从体力上凌辱他的大好机会,拖着他一直走到我们学校另一个校区才肯罢休。顾小北指着我的鼻子半天没有力气骂我,憋了半天吐出几个字:"东歌你就是个疯子。"

我也累得快虚脱了,一屁股坐在大马路上,满身的汗,却觉得心里舒服的要死,只顾自己在那里傻笑。笑了半天我站起来准备去对面买两瓶水,然后就和顾小北打车回去。碰了碰他手臂没反应,回过头看他,表情冷得吓人,直勾勾看着一个方向。我看过去,忍不住想骂脏话,迎面挽着个高富帅走过来的不正是蒋少冬!我又看向顾小北,喊了声他的名字,没理我。蒋少冬一抬头也看到了我们,表情变了一瞬,又回到骄傲的样子,和高富帅转弯,径直走进了香格里拉。这个点的香格里拉肯定没有房间,除非一早预定了。我们在门口等了一会儿,也没见他们出来。顾小北跟个石块一样站着,竟然在出冷汗。我推他一下,"要么追进去问个清楚,要么就当没看见,这么傻站着就是傻X行为。"

9.她会成为一棵大树

顾小北不理我转头就走,进隔壁烟酒店拎了两瓶二锅

第三章 科尔多巴城孤悬在天涯

头出来,开了一瓶边走边喝。我被他那个阵仗吓住了,虽然我挺想看看顾小北失恋怎么糟蹋自己的,但这不是幸灾乐祸的时候,我拉住了他,抢了一瓶二锅头过来,说:"这次就彻底还清欠你的情,喝个痛快,大不了喝醉了睡大马路。"

我和顾小北坐在中学门口的公交站台上一人一口喝二锅头,他大概挺喜欢蒋少冬的,我还是第一次见顾小北这么失落恍惚的样子。我说:"我没想到你会这么伤心。"

"我只是突然觉得这都特别没意思,一点意思都没有。我也不知道我在干什么。我自己也不知道我是真喜欢蒋少冬还是跟她玩玩而已。不过用钱追的女人早晚会被钱带走,今天喊我老公,明天就能喊别人老公。没什么大不了的。"

"那你干吗这副痛不欲生的死样。"

"我就是觉得没劲,没意思。"

"那你要怎样才有劲,觉得有意思呢?"

顾小北喝了大半瓶二锅头还是没有说出个所以然来,我酒酣耳热,抱着他的胳膊看星星,我说:"顾小北,你有的时候觉得孤单吗?我在想要是人出生的时候一对对都是配好的该有多好,就跟左手和右手,左脚跟右脚一样,天生如此,就没有什么喜不喜欢了。一起过日子,一起打发时间,几十年很快就过去了。"

"又想陈为安了?"

我点点头。

青春隔山海

"其实我挺羡慕他的,也挺羡慕你。"顾小北第一次提到陈为安的时候没有把我当孙子骂,我笑嘻嘻地看着他,看得他也笑了出来,骂我神经。

"小北,你知道什么是感情里最难的地方吗?就是那个人自顾自退场了,可你对他的感情还有满满几大缸汽油,这些汽油烧不完你就永远也无法走出来。所以我现在就是眼看着我的汽油白白烧光,低下头把自己破碎的心上胶、补缝,小北,谢谢你这个时候陪在我身边。"

他看着我,笑了笑,没有再说话。

又喝了一会儿二锅头,顾小北有点不行了,抓着我的手搁他膝盖上,半张脸埋在我的手掌里,有一两滴热腾腾的眼泪滑下来。顾小北不说话,就这么紧闭着眼睛流眼泪,我帮他数着,一共五滴。我想顾小北就挺得住,所以他的眼泪也比我的值钱。

最后,我们两个人都喝断篇了,失去了知觉与记忆。被扫大街的阿姨用扫帚划拉了好几下才昏沉沉地醒过来,天蒙蒙亮,近处一小堆一小堆落叶闷闷地烧着,远处洒水车咣当咣当地驶远,天上还有昨天剩下来的星星,一小片淡淡的月牙儿。顾小北扶我起来,掸掉我身上的落叶,说:"东歌,快起来,我们去医院,你发烧了。"

晨光熹微处终于来了辆出租车,我站起来的那一瞬,觉得天旋地转,像一脚就能踩进云深处。这次真的是栽在顾小北手里了,病来如山倒,发烧、感冒、急性肠胃炎,

第三章 科尔多巴城孤悬在天涯

一病就病了十几天。顾小北自知理亏，前前后后把我当慈禧伺候，每天陪我去医院挂水，亲自下厨做清粥小菜捧上来，不时去饭店打包点汤什么的回来，到了晚上我睡床他睡地板。这么使唤了他两个星期，我终于施施然地全面康复了。顾小北长吁一口气，一副奴隶翻身当主人的架势，"东歌，把你自己的东西打包好，回宿舍。大门就在正前方，恕不远送。"

我装腔作势，"我怎么觉得一点力气都没有呢。我肯定还是很虚弱，顾小北你帮我整理吧。"

"靠，把你捧了十几天你还真当自己是仙女下不了地了啊。你还得感谢我，你自己去照照镜子，一直减不了的膘这回全消灭了。"

"真的？"我喜滋滋地跑去照镜子，可不是，瘦了一大圈又见尖尖下巴儿了。我跟顾小北臭美："这么蓬鬓荆钗都不掩国色才是真美女呀。赶紧给我召集大伙儿，虎大王今儿回山了。"

顾小北靠着门沿笑："前几天病得像只猫又忘了。不过也要谢谢你这一病，都让我忘了我失恋这茬儿事了。"

我这才想起这一整个事件的始作俑者，"后来怎么着了啊，蒋少冬有再找你吗？"

"找了，我没理她。走吧，齐哥他们都等着呢，说要请你吃顿好的给你好好补补。"顾小北提起蒋少冬好不自在，抬脚就往外走。

青春隔山海

不过你最好相信墨菲定律,就是你越不想碰见的人越会撞见。世界格外小,人间就一条道。这不我们出了门的第一个转角,就和蒋少冬狭路相逢。我转头看顾小北,他的反应是我没有想到的,就这么目不斜视地跟她擦肩而过,我甚至看到蒋少冬的长发停留在他肩上一秒,闻得到她身上巴宝莉甜甜的香水,可是顾小北无动于衷,真的做到了从此相逢是路人。那一瞬的顾小北让我打心底泛起寒意,与他平日吊儿郎当的样子截然不同,我看着他,想起两个字:冷酷。而这是我最最讨厌的两个字。

他转过脸,"看着我干什么。"

我说:"没什么,就晃了晃神而已。"

在唐朝见到大家,真有种山中一日,世上千年的感觉,原因是陈珂和崔心美复合了,齐哥和卢珊暗度陈仓了,一下少了四个光棍我啧啧叹道:"你们真是太够兄弟了,毫不留情地往顾小北伤口上撒了一大把盐。"

陈珂搂着崔心美,那笑的春风得意,"东歌你这一病消息就落伍了,顾小北那狗一样的早恢复好了。他这会儿在三国策看上一勤工俭学的姑娘,天天光顾那里,前几天还英雄救美了一回,更令人感动的是顾大公子出手阔绰资助了人家一个学期的生活费,光辉事迹简直可以上晚报头版值得歌颂一下。"

顾小北连忙否认,"放屁,我天天去那还不是要伺候这个慈禧,是她吵着要吃那家的骨头煲。"

第三章 科尔多巴城孤悬在天涯

陈珂没理他,继续跟我爆料:"东歌,那姑娘你也认识的,就你们一个宿舍的,叫姜姚。"

姜姚虽然土气,但五官长得深刻立体,有点儿像乡土版的钟丽缇,是那种长得很艳丽又不单薄的长相,和我的交情也不过是路上碰到会点个头。我看着顾小北,皮笑肉不笑,"成啊,顾大公子大手笔,好胃口,难怪刚才碰到蒋少冬表现得这么出息。这么看来我这病也病得太多余了,我还当你有多伤心呢。"

顾小北张了张嘴想说点什么,但似乎是无可辩白,他最后还是闭上了嘴,任凭陈珂把那天的经过吹得天花乱坠。原来那天他和陈珂几个去三国策吃饭,那天点毛血旺的特别多,脸盆似的一大盆,他们看着姜姚一个人端来端去,都为她捏把冷汗。终于,有一盆被一个女同学突然站起来碰翻了,大半盆热油泼在姜姚身上,也没人管她,老板娘出来只顾道歉和骂人。顾小北看不下去,陪她去了医务室。回来的路上闲聊,知道了些她的情况,而黑心老板一小时才给三块钱更是让他大为打抱不平。送走姜姚,陈珂对顾小北感慨,"花大把钱追女孩子还不如把钱给真正需要它们的人,姜姚打两份工还能考我们院第一,生活费 600 块还要寄一部分给弟弟妹妹。跟她比一比,我们简直是一群吸血鬼,只会吸爹妈的血。"谁知说者无意听者有心,黄昏的时候顾小北就去银行取了三千块让陈珂带给姜姚,还附了张纸条上书类似"好好学习天天向上"的话,真把自己当悬壶济世的救世主了。

陈珂绘声绘色地讲完,咽咽唾沫问我做何感想,我眨了眨眼睛说:"每一个故事的开头总自以为美丽,结局总是不堪回首。我肚子饿了,去三国策吃毛血旺。"

顾小北啪的一声在我头上打了一记。我骂他,"大公子别惹我,小心我待会一不留神把毛血旺泼你小娘子身上!"到了三国策,姜姚果然在。听陈珂说她辞了家教的活,因为每次回来都太晚,不安全。姜姚非常热情地招待我们,不,准确地说是招待顾小北,每一个菜都只往他手边端,我朝天翻了翻白眼,搁了筷子。顾小北也有些不好意思,自己站起来把盘子平均分配,把我爱喝的菌菇煲汤移到了我面前,我看了他一眼,低头吃菜。

这顿饭吃的我心里很不舒服,陈珂一直在活跃气氛告诉我这些天都发生了什么事情,我心不在焉地听,总觉得有人在看着我,扭头看姜姚又去别处忙乎了。我的好心情全被破坏了,推说有些不舒服,先走了。

顾小北追出来,一把拉住我,表情也不大好,"东歌你又犯什么毛病,大家特地来庆祝你病好,齐哥还特意关了店过来,你先走把大家撂下算什么意思?"

"我心情不好吃不下。"

"又有谁惹你大小姐了?姜姚的事?"他狐疑地看了我一眼,"你不会相信陈珂说的吧,我对她真没别的意思,就看着她觉得挺辛苦的,反正那些钱不过是砸在一个又一

第三章 科尔多巴城孤悬在天涯

个蒋少冬身上,还不如帮帮她。"

"跟我解释这个干什么?你爱帮谁就帮谁,不关我的事。"

"不关你的事你干吗一张怨妇脸。"

"你才怨妇脸。"

"好啦,走吧,回去吃饭。吃完带你去唱歌,我知道你憋了这么多天闷坏了。待会就让你一个人,你唱什么我们听什么。"

于是转战钱柜,一直玩到十点才回学校,踩着门禁时间回到宿舍,宿舍里只有姜姚一个人,另外两个一个住家里,一个和男朋友同居,也就是说我没有搬回来之前,就姜姚一个人住这么一大间空屋子。所以那天我搬回宿舍时她就说:"太好了,以后终于有个可以说话的人了。"我耸耸肩,丢了个敷衍的笑容给她。我不喜欢姜姚,全班没几个人喜欢她,原因是她爱搬弄是非,又自来熟喊谁名字都省掉姓,表现得多团结友爱,却在第一次期末考试时从老师那里划到重点硬是不肯给同学。对于这样的多面派,我没兴趣深交。

我打了热水赶在熄灯前卸妆,正在铺床的姜姚突然冷不丁问了我一句:"东歌你和小北很熟吗?"

小北?我愣了愣,你们的交情真是深。我继续手上的动作,说:"一般般,酒肉朋友。怎么了?"

"那你知道他喜欢什么吗?他资助了我三千块,等于我四个学期的生活费,我想为他做点什么谢谢他。"

青春隔山海

　　我想了想,说:"他最喜欢追漂亮女生,你多要点她们的手机号码,顾小北就高兴坏了。"

　　姜姚听出我的不上心,不再理我,而是去开了柜子的锁拿出一个有点厚度的信封带上床压在枕头底下睡觉。我好奇多问了一句,"你不把钱存你卡上吗?"

　　她回答我:"存进银行再取出来就不是顾小北给我的钱了。我每天枕着它睡,做的梦都是好的。"

　　天哪,顾小北又多了个狂热崇拜者。我暗地里吐了吐舌头,睡前给顾小北发了个短信告知他此事,他回了个两个字"无语"加一长串省略号。

　　我就着手机看了一眼蜷缩睡着的姜姚。我不知道她这样是不是真的连做的梦都是好的。因为我曾枕着为安写给我的为数不多的信这么睡了三年,做到的美梦和信一样少。但确实是这些信陪伴我度过孤单的日子,支持着我接近为安,和他上同一所高中。我想姜姚应该也是这样的,可能那些钱能带给她很多安全感,也可能是顾小北的英雄行为给她造了个梦,无论什么,这三千块一定也能支持着她越来越接近她想要的东西。她比我们都刻苦,辅修日语和会计,做一堆杂事讨好辅导员,入学生会入党,她说她毕业了一定要进四大,在大城市安下家来,然后把她老家的家人都接过来过好日子。

　　这么想,我突然觉得姜姚不再讨厌了,我甚至有一点点羡慕她。她是个为自己活的人,也知道自己要什么,有一天,她会变成一棵大树的。

第四章 你内心辽阔,拥有一整片草原

爱情在人们心里种下了一片温柔的草原,狮子很安静,大象在笑,豹子躺在树下晒太阳;爱情死去的时候,那片草原也毁了,河流干涸,寸草不生,野兽们都瘦骨嶙峋,狰狞地互相残杀。

10. 蹉跎慕容色,煊赫旧家声

我对姜姚的印象就这么改观了,但是顾小北不胜其烦,首先是姜姚不知从哪里要来他的手机号码,天天给他发天气预报,时不时就会带点连云港的海鲜特产给他。再是年级公共课时总会给顾小北发短信提醒他来上课,最夸张的

青春隔山海

是当她得知顾小北的四级还没有过竟然主动提出来要帮他补习英语直到通过。

我忍不住要开他的玩笑,"顾小北你还不去自习啊,你的田螺姑娘可是一早在图书馆帮你占好了位子,不去太辜负人家了。"

顾小北瞟我一眼,"别哪壶不开提哪壶啊。"

顾小北提不起精神,自从和蒋少冬分手后他就一直是这样懒洋洋的状态,走到哪里手都是插在裤兜里懒得快要成废人了,不喝酒不抽烟,不追姑娘不打游戏。问他怎么了,他来来回回就三个字"没意思。"顾小北新的爱好是组饭局请吃饭听人说话。我都不知道顾小北有这么多狐朋狗友,吃不完的饭,讲不完的话。我跟他去过一次,他就懒洋洋地坐在一堆人里面听人扯淡,那种表情神态很难描述,你不能说他心不在焉,因为每次有人说点有颜色的话他都笑得又快又坏;但是很明显他没有投入其中,那感觉更像是在空空的房间开一个电视机,制造些声响,但没有人在看。

我们总结出来这就是顾小北失恋的症状,也不大去惹他。所以这一阵他一个人单独活动的时候比较多,他也就是在这个时候认识了霈羽,"万花丛中过,片叶不沾身",号称师大处女杀手,一夜情天王的霈羽。

大概是很多年轻女孩挺向往坐在宝马车里哭的,所以霈羽驾着他那辆改装过的奔驰车几乎没有失手的时候。一面相中,要号码,出来吃饭,带去酒店开房,再到分手相

第四章 你内心辽阔，拥有一整片草原

忘于江湖，这一整套耍流氓流程走下来，撑死了三天。我们后来见识到了，都说霹羽可以出一本《泡妞秘籍》，一定可以跟那本《葵花宝典》一样流芳百世。

顾小北和霹羽的认识很简单，有一个午夜顾小北饭局回来，见到一个极骚包的男人开着辆改装奔驰在十字路口玩漂移。那天下过雨，地上的积水直扑顾小北的裤脚。他倒一点也不介意，静静站在原地看着那个有些癫狂的男人一次次漂移，每次离两个灯柱都只有一个指甲盖的距离，马达轰鸣，刹车刺耳，那个场面称得上惊心动魄。已经过了午夜两点，马路上就他们两个人，是霹羽先说话，他摇下车窗，说："兄弟，要上来爽一把吗？"

顾小北后来跟我说他碰到霹羽的那一晚，霹羽其实想自杀。

顾小北和霹羽相处了两个星期后，发现这个人除了爱惹风流孽债外，其余都基本靠谱。把他介绍给我们认识的时候说的也很简单——"富二代，嚣张跋扈，犯过事，蹲过局子，好色，讲义气，智商不高。"

听到最后一个标签霹羽立马踹了顾小北一脚。他就这么进入了我们这个小小六人帮，霹羽特别喜欢喊我诗人，整天诗人长诗人短，还爱跟我讲他的初恋女友也爱写诗，写的诗他虽然看不懂但还是觉得美。"诗人，你都写过什么诗？"

我那天有点烦他，没好气地答他："诗人就写过一首，

叫《甜蜜的复仇》,把你的影子加点盐,风干,腌起来,老的时候下酒。"

霖羽一愣,夸我:"够狠毒,够气势,听了我命根子颤抖了一下。"

我翻白眼,"原作者听到你这样的评论,不知道会不会气得吐血。"

霖羽在齐哥的隔壁租了个店面做麻辣烫生意,他上了年纪的爸妈每天都会来店里,说是帮忙实则是监视他。我们认识霖羽时他可以说是一无所有,被兄弟和女朋友联手给他下了个套骗走几百万,还认识了些社会上的牛鬼蛇神,被绕进了局子,是他大姐各处斡旋,人民币堆到书桌高才给捞出来。后来家里人给他盘了这么个店,一来是怕他想不开可以看着他,二来是怕他游手好闲又和那堆人玩在一起。霖羽喝了酒抽上烟爱跟顾小北掏心掏肺,"小北,你可别小看我这个麻辣烫店,对我就像是从天堂掉进地狱的时候有一个硬实的地儿托住了我,没再往下掉,继续在人间有一日过一日。兄弟,还有你,比我小这么多岁也能托得住我,带我认识这么些好的朋友,我真的特别感激。不多说了,以后等我东山再起,一个个报答你们。"

我们爱听霖羽讲他挥金如土的过去,听他和初恋女友赵风敏一人一辆兰博基尼飞驰在山西的煤灰冷雨里,他们都爱赛车,所有类似吵架谁先低头道歉这样的事都用赛车解决。他出事的时候他们早已分手了好几年,赵风敏听到

第四章 你内心辽阔，拥有一整片草原

消息后，急火攻心，面瘫了两天，还没完全康复就扬着张歪斜的脸从山西大同开车到了武汉，亲眼见到他没事了，蒙着口罩的赵风敏抱了抱霈羽，又把车开了回去。我对赵风敏的印象就是这么一个公路版本的周渔，也停不下来，爱把跑车当飞机开，风雨兼程，不堪回首。在我们快要毕业的时候，她又是孤身开着这辆兰博基尼来见霈羽最后一面，下了车，一身绯红的衣裳，眉飞入鬓，高鼻梁，阔嘴，有三分舒淇的影子，当得起那四个像专门为她连起来的字——夜奔红拂。

而那时，离见到孤勇的赵风敏还有整整一年的时间，我没有预见的神奇魔力，所以我无法窥探到这一年会发生什么，我们这些人又将去往何处。但是现在，作为这个故事讲述者的我，站在了时间的荒野之外，因为害怕，因为敬畏，因为后悔，因为怀念，而将这副沉重的肉身，这片青紫伤痕的寡薄灵魂，全部致力于世上存留的所有宗教。苦海慈航，长跪耶路撒冷，祈祷迦南会重返棚屋，度一切苦厄，陡然化身为宗教狂，以获得内心的安宁与和平。因为此刻的平静，我才能写下这句话，这句涵盖了我一年的恐惧无助绝望，那种无时无刻的末日感。

借我你的手指，带给我一些力量，指着下面的字一字一句地念下去：如果众神灭亡，谁都只能去往地狱，你又如何搭救，末日在我们心里。

好了好了，就是这一句话。你的手指可以放下了，我

已平静了下来，那些绝望的往事，如森林里的树、深处的鸟，无情的猎人与枪，那是他们的命运，无法像一枪毙命那么干净利落。但是即使永生永世囚禁在他们的命运里，也无法再侵扰我半分半毫，因为我已决意不再想起。我并不健忘，但我用一生在酿一坛醉生梦死，快好了，快好了。

11. 情爱里永远多一人

  时序进入冬天，整个十二月都相安无事，生活又出现了那种可怕的惯性，过了圣诞、元旦，期末考试也快了。大家都收起了懒骨头，天天相约图书馆，泡在自习室充足的暖气里，喝楼下投币一元的速溶咖啡，再晒晒太阳，复习功课反倒成了次要任务。顾小北每天来得最晚，来了就把陈珂赶起来，占他最靠暖气片的位置，然后老僧入定般地坐好，头搁在一堆书上，眯起眼睛睡得像只贱兮兮的大懒猫。

  陈珂坏笑一下，凑到他耳边说："顾小北，姜姚来找你了！"

  顾小北腾一下站了起来，打算钻桌底，四顾了一下，才发现我们耍他。

  提到姜姚就不住要多带几笔，这姑娘是彻底看上了顾小北，平安夜送大红苹果，圣诞节送亲手织的围巾，成天在齐哥的唐朝守株待兔，等到顾小北就大大方方地把东西

第四章 你内心辽阔，拥有一整片草原

递给他，一副你不收我就不走的表情。顾小北虽然表现得有多不耐烦似的，心里别提有多得瑟了，何况姜姚虽然土气，长得确实是不赖。我在旁边看着，鼻子哼了声，不予置评。

到了期末，姜姚姑娘就更加攻势猛烈了，坐在我们十米之内，隔三岔五地跑过来给这个划重点啦，给那个疑难解析啊。更极品的是正好有一回我和顾小北在比赛切水果，姜姚阴魂不散，走过来说："东歌，你不要一直拖着小北陪你玩了，这次考试听说院里会抓很紧。你也要看会儿书，这次就算陈为安在这里他也不能帮你作弊的。"

她的最后一句话立刻冷场，我明显感觉到他们几个都看向我。以前我们都心照不宣，没有人再会主动去提陈为安的名字。姜姚自以为是，真把自己当个人物了。我当下摔脸，抓起手边的一沓 A4 纸往她脸上砸，"别蹬鼻子上脸，忘了东南西北了，我的事还轮不到你管。"说完扬长而去，我和姜姚的梁子就这么结下。据说我走以后，"受害者"姜姚委屈地哭哭啼啼了好久，顾小北轻声细语安抚了好久才消停下来。那天一起在食堂吃晚饭的时候陈珂绘声绘色地演给我看，我不屑地撇撇嘴，讽刺道："以后成了好事别忘了请我吃饭。"

顾小北跟我摔筷子，"东歌，你看看你的德行，姜姚提了个陈为安的名字你至于那么大反应吗？亏你做得出那种事情来，你也不想想在公共场合，众目睽睽下要别人拿纸摔你脸，你下得了台吗？你自尊心受得了吗？我拜托你下

青春隔山海

次做事情过过脑子,别弄出了烂摊子还要我帮你收拾!"

"哟,八字还没一撇就开始兴师问罪了。顾小北,你行啊。"

"我是就事论事。姜姚之前就跟我说过,你在你们班的人际关系很差,她几次在宿舍想跟你搭话,你都爱理不理的样子。东歌,你是读大三的人了,快毕业了,你就打算这样进社会?你以为社会上有几个陈为安会宠你纵你,又有几个我们会容忍你。我拜托你成熟一点,不要再这么幼稚了。"

我是真的被顾小北气得口不择言,"这还没睡到一起就开始给我吹起枕边风了,姜姚是我什么人啊,装得好像特关心我似的,她自己那点烂摊子还没收拾好就来对我指指点点了。我人际差是因为我以前天天和为安在一起,班里人都没几个认识我,但我再差也比她那个两面派好!"我喘了口气,继续指着顾小北的鼻子骂:"你跟姜姚才认识几天啊,就伙着她来把我说得一无是处。好,既然我这么不招你们待见,我走总行了吧,免得在这里碍了你们的眼,妨碍你们谈情说爱!"一口气说完,我把勺子砸进顾小北的餐盘里,扭头就走。

陈珂出来打圆场,把我拉住,"搞什么啊,自己人为着个外人吵得脸红脖子粗算什么。"

我立马说:"谁跟他自己人!"

顾小北也脾气上来了,"拉什么拉,她爱走就让她走,

第四章 你内心辽阔，拥有一整片草原

我倒要看看这种扭头就走的幼稚戏码她能演多久。"

这顿饭就这么不欢而散，我最爱吃的麻辣鸡丝还没有上桌。想到顾小北这个混蛋可以一人独享我的麻辣鸡丝，我就讨厌死姜姚了，这个土气的狐狸精！

我和顾小北冷战了好几天依然一副老死不相往来的架势，导致陈珂两口子也不得不拆分开来，陈珂跟顾小北待一个自习室，崔心美陪我在另一个自习室。

想到顾小北和姜姚在隔壁暗度陈仓我就只想用鼻子说话，哼哼哼！

崔心美上自修极不安分，不时就有短信电话，我看着她实在不好意思，就说："你还是过去和陈珂自习吧，不用陪我的。"

她笑得有些僵硬，说："没关系，我出去一小会儿就回来。"

这一小会就是将近三个小时，接连两天都是这样。我发短信调侃陈珂："大哥，你再想念你媳妇也请控制一下成吗？等上完自修都等不及吗？"

过了一分钟他才回我："我手机都在顾小北手里玩游戏呢，我怎么会找她。倒是你，别大晚上的不睡觉找我媳妇在走廊上说悄悄话。"

熄了灯我压根没找过崔心美，我一想，这事悬了。

果然，这天晚上，崔心美就找陈珂摊牌了——她要和前男友复合。她的陈述里有这么一句原话："分手的这一

青春隔山海

个月他自己挣钱给我买了台iphone，我觉得他挺有前途的。"

顾小北说他听了只想骂那个女人傻。

但是陈珂很受伤，也是，被同一个男的撬两次墙角，这事搁谁身上都受不了，严重侮辱了当事人的智商、情商。顾小北、齐哥还有霖羽陪着陈珂喝酒，我因为宿舍有门禁，先回去了，结果刚爬到床上就接到霖羽的电话，说顾小北和陈珂打起来了。他还唯恐天下不乱地加了个"好刺激"。没办法，我只好再穿上衣服翻墙出去，没走几步，后面有人阴森森地喊我的名字，"东歌。"我吓了一跳，回头一看，姜姚竟然跟着我一起出来了。

我冷着脸，"你跟我干吗？"

"是不是顾小北出什么事了？"

"关你什么事啊，担心他你自己打电话问他呀。"

"我打过了，他一晚上都没接我电话。"

弄了半天，刚才喝酒的时候顾小北一直挂的电话就是姜姚。我有一点点幸灾乐祸，偷笑着转身往前走。

"站住，东歌！你要是不带我去，我现在就去喊醒舍管阿姨，夜不归宿可是要记大过的。"

我最讨厌别人威胁我，转过身对她说："好像是你要更害怕吧，记了大过拿不到奖学金的可是你。还是说拿了顾小北的钱腰杆子硬起来了，不在乎学校的那点小钱了？"

我话说得很难听，姜姚的脸惨白，她咬了咬嘴唇，艰难地吐出一句："东歌，算我求你，带上我，我就去看看，

第四章 你内心辽阔，拥有一整片草原

他没事我就回来。"

我第一次见到姜姚这样，心软下来，"随便你吧，爱跟来就跟来，待会儿我可不负责你安全。"

等我和姜姚跑到齐哥那里，他们已经打完了，两个人挺尸般地躺在地上喘粗气。我看到顾小北这个小身板被陈珂打得像个猪头，想起我跟他的帐还没完，忍不住又踹了他两脚。顾小北立马诈尸，"东歌你这女人果然最毒妇人心，我都这样了你还落井下石！"

"我这是告诉你一个道理，出来混总是要还的。让你上次骂那么痛快。"

这时在我身后的姜姚走了出来，拿着老古董一样的手帕给顾小北擦伤口，他看着我，用眼神询问姜姚怎么来了。

我摊摊手："她是来看你有没有被打死，不关我的事。"

12. 只有你懂得，所以未逃脱

齐哥和霜羽把这两个人从地上扶起来，两个都鼻青脸肿的，却都笑一笑，当下就和好了，让我有点跌破眼镜。重新开了一桌喝酒吃烧烤啃鸭脖，我不确定地问他们："你们俩这就和好了？"

顾小北说："你当都是你啊，屁大点事都能闹腾几天。

青春隔山海

还趁火打劫踹我两脚,东歌你给我记住了。"

霖羽乐了,"东歌你刚才真踹他了啊,我怎么没有看见。"

"就偷偷地轻轻地象征性地踢了他两脚。"

"放屁,要不要我现在脱裤子给你看,都瘀青了!"

"顾小北,你个臭流氓!"

大家都笑了,姜姚在中间笑得格外刺眼。她也坐下来和我们一起喝酒,乖巧地坐在顾小北旁边,霖羽给她倒酒,她按着杯口,娇羞地说:"我奶奶说了女孩子不可以随便喝酒,影响不好。"

正在和陈珂吹瓶的我听了差点吐血。我决定彻底忽略姜姚,今天的主要任务是把遭受爱情重创的陈珂安抚得妥妥的。陈珂喝高了跟我勾肩搭背,"东歌,你也别说了。顾小北刚刚把我揍醒了,他说的对,一个女人,一段恋爱,一次挫折我都照顾不周,经营不好,承受不了,我他妈算个什么男人。我都想明白了,我就心里还有点难过,我发誓,我今天哭了这么一回,以后再也不轻易掉眼泪了。"

"就是,陈珂,你待会就回去好好睡一觉,赶明儿姐姐我就帮你介绍一打姑娘,个个都美若天仙。"

霖羽一听立刻凑上来,"东歌分配几个给我呢。"

我瞟他一眼,"你啊,大少爷请沿着电线杆去找,上面都贴着名片呢,好的300,次点的80,环肥燕瘦样样有。"

他瞪我一眼,转头继续跟姜姚套近乎。傻子都看得出来霖羽对她有意思。所以过会一散场,他就骚包地开了他

第四章 你内心辽阔，拥有一整片草原

的奔驰过来，要送姜姚，"去我家吧，我家空房间多的是。你要不好意思，我待会陪你去开个房间，你要害怕，我在你隔壁开一个陪你。"

可惜姜姚一本正经地拒绝了他，"我是为了小北出来的，我要跟着他，我只对他放心。"

我也喝得差不多了，被顾小北架着，听了姜姚的话忍不住冲他坏笑，他瞪我，暗地里下黑手，在我腰上掐了一把。

霖羽碰了硬钉子转向我献殷勤，"东歌你跟我回家吧，好好洗个澡，我跟我姐借套衣服给你穿。"

我学姜姚的语气，"我也是为顾小北出来的，我也要跟着他，我只放心他。"刚说完，又被顾小北掐了一把，疼得我眼泪都出来了。他把我丢给陈珂，说："霖羽你先回去吧，我陪姜姚去开个房间。陈珂你带东歌回我们那，齐哥回自己家。"

说完他就猴急地领着姜姚去步行街找宾馆了，我盯着他的背影，说了句："假正经。"

陈珂坚持着把我扶上了六楼，一进门他就倒在他床上一睡不起。我想起他刚才一路硬撑着扶我，摔自己也不摔我，还是有一些感动的。帮他盖了被子带上房门，我跌跌撞撞去开了热水器进浴室洗澡。

我洗完澡出来顾小北竟然还没有回来，敢情是温柔乡长醉不起了。我骂了他几句，开他的衣柜，找了件他最贵的T恤当睡衣，我要把它睡成一块抹布！

青春隔山海

我睡得迷迷糊糊的时候感觉有人钻进被窝,我立马醒来,一脚把顾小北踹下床,"你倒是还有胆量给我回来!"

"东歌你发什么疯!我不回来我睡哪里?这是我的床,你太嚣张了!"

"那你怎么去这么久,都干什么了?"

顾小北叹了口气,钻进被窝,抱着我取暖,"你下次能问问清楚再用刑吗?好多宾馆都满了,跑了十几家才找到。"

"那也不用这么久。"我继续咄咄逼人。

"我想我回来洗澡肯定吵醒你,就在楼下泡了个澡,结果回来还是把你吵醒了,还被你虐待!快点捂捂我,外面冻死了,都快零下了。"

我碰了碰他的脚丫子,果然冷得跟死人一样,于是没说话,人又往他怀里钻了钻。

顾小北抵着我的头说话,"别在意姜姚。你自己也知道上次我们吵架根本不是在说她。听陈珂说你之后还哭了,傻瓜!"

我吸了吸鼻子,"她跟我们一块喝酒了,我刚才还看到你给她烤肉串了。以后她是不是也加入到我们的圈子,你和陈珂还有齐哥、霜羽是不是也会像对我那样对待她?"

"说你傻你还真傻,以后我真不敢对你的智商抱太大期待。她为了我跑出来,我总得照顾她一下啊,总不能把人这么晾着。你放心,她和你不一样,我这么想,陈珂和

第四章 你内心辽阔，拥有一整片草原

齐哥也这么想，至于霜羽，我就不敢保证了。"

想到霜羽刚才那个猴急的样，我忍不住笑了。顾小北把我抱紧一些，说："真不知道你脑子里到底在想什么，说你笨呢，书看得比我们多，什么都知道点，说你聪明呢，你有的时候真埋汰这两个字。"

"我这叫大智若愚。"

顾小北过了好一会没有说话，就在我以为他已经睡着的时候，他突然又开口了："东歌你还记得高中的那个夜自修吗？那次我找你陪我吹了两个小时冷风没跟你说一句话，你也没生气，下楼梯时还问我没事了吗？没事就好。"

"我和你虽然坐得近但也很少说话，你会找到我就说明你真的是发生了什么事。我陪你坐着你也没有开口，我就想你可能就只是想找个人陪你静静待一会儿。"

"我想告诉你那天发生的事。那天开完班会我特意回家陪我妈吃晚饭，我爸那个时候一直在出差，所以我妈见到我挺开心的，忙前忙后做我喜欢吃的菜。她的手机来了彩信，我就看了一下，是个陌生号码，什么话都没有，就发过来我爸一张半裸照。"我感觉顾小北身体僵硬了些，我拉他的手，他重重地回握住我，继续说："我当时特别镇定，第一反应就是把那条彩信转发到我的手机，然后把我妈的那条删掉。回学校的路上，我用公用电话打了那个号码，是个女人接的电话。我没有说话，挂了电话就回学校上夜自修。然后我就突然找你，虽然没说一句话，可是

青春隔山海

那天晚上特别安静的你让我平静了很多。我一直记得那天晚上的你,没有穿校服,穿了粉红色的T恤,白色的裤子,没有扎马尾,刘海遮着眼睛,就这么坐在栏杆上晃荡着腿看星星。你还分给我一只耳机问我要不要听歌。我记得是莫文蔚的歌。这些我记得的你都不记得了吧。"

"我真的不记得了。对不起啊,顾小北。"

"不怪你,你也记得很多别人忘记的事。"顾小北吻了吻我的额头,"睡吧。"

顾小北又分了些被子给我,这是他的习惯性动作。我突然说了一句:"顾小北你能一直这样抱着我睡觉吗?"

顾小北似乎是笑了笑,"正常男人估计都做不到这样。"

"如果是为安,为安做得到。而且为安也会明白我的意思。"

"不是每个人都是为安,也不是每个人都能让你这么费心血的。"他翻了一个身,背对着我,很快就睡着了。我望着他融进黑暗里的背影,那种淡淡的冷漠感又浮了上来。我想可能每个人身上都藏着这样一些冷硬的东西,令别人伤心失落,也好好地保护着自己。

第五章 她的圆明园，被一把大火烧了

在东歌心目中，为安就像是一座圆明园，花了漫天心血，用最上等的材料，最精细的人工，置最珍稀的宝物，她想要一生一世，却在青春被一把大火烧得干净。

13. 建在针尖上的房子

第二天白天，我和顾小北还有陈珂吃了饭继续去图书馆自习，崔心美再也没来过这儿，她的位置空了，她的保温杯护手霜却都还在，看着让人心里怪不舒服的。陈珂一直低着头听歌看书，顾小北拿起这些东西哗一声丢进了垃圾桶里，我们都没有说话。

我瞥了一眼姜姚的位置，破天荒的，她今天竟然没有来自修。

晚上我在宿舍看到她,她正在吃泡面,弄得宿舍一股泡面味,我开了窗透气,她也当没看见我。隔了一会儿却又主动来问我:"你昨天睡顾小北那里了吗?"

我没心情和她说话,敷衍了一声"对",拎了热水瓶下楼打水。

也就上下一趟楼梯的时间,回来的时候发现我们宿舍门口聚了十几个人,我拎着水壶进去,看到舍管阿姨站在我的书桌前,手里拿着从柜子里搜出来的两包烟,看到我厉声问:"这是你的位子吗?烟是你的吗?"

我默然地点了点头,舍管冷笑一声,"现在的女孩子都成什么样了?叫什么名字?哪一级哪个系的,这个事我是要报告你们院长的,你自己做好心理准备。"

舍管又义正词严地训了一通话,她走后,我继续手上的活,刷牙洗脸,铺被子,自始至终没看姜姚一眼,她真的令我恶心到了。看热闹的人也走了,我爬上床,头蒙在被子里,还是忍不住没出息地掉了两滴眼泪。我不是一个有攻击性的人,讨厌甚至害怕人和人之间这种全不留余地的争锋。想到姜姚是因为顾小北而在我背后捅刀,我就恨不得现在立刻冲到顾小北家里把他臭骂一顿。

到了第二天早上,在去自习的路上我和顾小北说了这个事情,他皱着眉听完,开口说:"你本来就不应该在宿舍抽烟,被没收了也好。"

第五章 她的圆明园,被一把大火烧了

我简直不敢相信我的耳朵,他竟然完全站在姜姚那边!真不知道那个狐狸精给他灌了什么迷魂汤,我冷笑了一声,一把夺过他帮我拿的书,不想多看到他一秒。

顾小北喊住我:"东歌你能不能不要这么幼稚,一不合你意就扭头走人,这样解决得了问题吗?你不是公主也不是女王,不是全天下的人都要让着你,让你满意。你不能总这么任性。"

顾小北的话让我更火大,"我任性?这是我任不任性的问题吗?现在是姜姚嫉妒得发了疯在背后捅我一刀。你不说她反而说我任性,你才是猪油蒙了心肝!"

"姜姚为什么要嫉妒你?"

"明知故问!还不是她以为我们之间有什么,把我当成了假想敌。"

顾小北气定神闲,甚至勾了勾唇角,慢悠悠地说:"那么东歌,你说我们之间有什么吗?"

我真是讨厌他这模样,没好气地说:"当然没什么!鬼才和你有什么!我不想看到你,在你想好怎么跟我道歉以前别找我。还有,把姜姚给我好好处理掉,不要再让她来找我麻烦!"

混蛋顾小北一点也没想处理麻烦,我两天没理他,陈珂偷偷告诉我,姜姚跟他们在一个自习教室自习,还给顾小北划最新的统计学重点。陈珂问他怎么还不去跟东歌道歉,顾小北竟然回他一句:"该反省的人是东歌,不知道

让谁惯了这一身坏毛病,再不治治她真不知天高地厚了。"

顾小北的这句话直接导致了我们冷战一个星期,这周末是姜姚的生日,她在宿舍穿来走去送蛋糕,还在我桌子上放了一块。我回来看到,随手丢进了垃圾桶。她也跟没事人似的,端坐在镜子前抹口红,她穿了一件稍微隆重一些的衣服,但是很可惜,依然脱不了的土气。她拎了一只更土气的假皮包,走出宿舍像是要去约会。我立马想到了顾小北,给陈珂发了个短信问顾小北在做什么,他回我他们两个在齐哥的店里无聊到踢实况,问我过不过去。

我回他:"顾小北撑死了不认识错误不道歉,我就撑死了跟他老死不相往来。"

陈珂说:"你们两个就是无聊碰到更无聊,幼稚碰到更幼稚,你们爱怎样怎样吧。"

然而令我意外的是,姜姚竟然破天荒地夜不归宿,我在第二天傍晚才在宿舍见到她,换了衣服拿了书准备去自习的样子。看到我主动对我说:"顾小北昨天陪我过了一个终生难忘的生日。"那耀武扬威的嘴脸,真令人讨厌。我被她的话噎住了,像生生吞了一大口油,她一走我马上打陈珂的电话,张口就问:"昨天晚上顾小北死哪去了?有没有见姜姚?"

陈珂支吾了一会儿,老实交代:"昨天晚上本来我们在打游戏的,姜姚打电话说今天是她生日,一定要见见顾小北,说见不到他就在寒风里等。顾小北没当回事,后来

第五章 她的圆明园,被一把大火烧了

回去的时候就说去看看她吧,女孩子太晚也不安全,结果她还真的没走,捧着个小蛋糕在游泳馆那边等。顾小北没办法只好陪她去开房间。然后……"陈珂吞吞吐吐了一会儿,不说了。

"然后那个混蛋晚上就没回家。"

"我现在也没见到他,我在市里跟同学吃饭呢,打他手机也关机。东歌你别瞎想,顾小北跟姜姚也不至于做出什么事来。"

我没心情再听下去,挂了电话,想到姜姚刚刚说话的样子,两个人八九不离有了一腿。混蛋!人渣!我忍不住发抖,那种被人背叛、丢弃的感觉又来了,为什么一个个都是这样,陈为安、顾小北,为什么都要在我深深依赖上他们以后却给我致命的一击呢?

我控制不住自己的愤怒,像一只困兽在宿舍绕了几个圈,不经意抬头,姜姚大概是太得意忘形了,柜子锁了钥匙没有拔。那个时候我只有一个念头,就是要把别人给我的伤害回击给他们。我开了她的柜子,在最底层找到了那只信封,还剩两千四,我拿在手里掂量了几下,发短信给陈珂:"别吃你的饭了,喊上大家,今晚我请大家去好世纪吃海鲜大餐。"

姜姚,当你发现宝贝的钱不翼而飞时,会是什么反应呢?我拭目以待!

一桌人坐定,我翻着菜单,只挑贵的点,陈珂拉我的手,

青春隔山海

"东歌你疯啦？不至于受这么大刺激啊。"

我拍拍包，"放心，咱不差钱。卢珊念书费脑子得好好补补，齐哥也辛苦了，霜羽小姑娘一堆肯定肾亏，至于你还在失恋期，更要好好补补。咱们今天敞开了肚子吃，有人替我们买单。"

众人面面相觑，也没再说什么，生蚝龙虾鹿舌三文鱼一一上来，吃到一半，陈珂的电话响了，是顾小北，我坐在他旁边都听得到这厮气急败坏的声音："东歌这会儿在哪里？和你在一起吗？"

陈珂捂了电话，"顾小北找你，你哪里惹到他了？怎么像要把你大卸八块的样子，要告诉他吗？"

三文鱼蘸点点芥末，鹿舌裹海鲜酱油，我慢条斯理地享受着美食，说："告诉他吧，暴风雨迟早要来的。"

陈珂刚报出我们的位置，顾小北立马说："给我看着她，我二十分钟马上到！哪里也别让她去！"

陈珂颤巍巍地挂上电话，"怎么回事啊？顾小北从没发过这么大的火。"

"还不是某人又梨花带雨地告状了，顾小北这叫冲冠一怒为红颜。大家赶紧吃，吃完散了，免得待会城门失火殃及池鱼。"

用信用卡结完账把大家送上出租车，我一个人坐在大厅里看着时间等顾小北，果然，二十分钟一过，他已经怒气冲冲地出现在我面前，身后还跟着哭哭啼啼的姜姚。我

第五章 她的圆明园，被一把大火烧了

冷笑一声，往沙发里靠了靠，这么抱臂在怀看着他们两个。

顾小北开门见山，冷着张脸向我摊出一只手掌，"拿出来。"

"什么拿出来啊？我不知道你在说什么。"

看来我的装糊涂等于是在给顾小北火上浇油。他恶狠狠地看着我，恨不得把我吃下去，"东歌，你有毛病吧，你做事能不能过过脑子。你知道你这样可以算你偷窃，姜姚要是报院里的话，你就不是简单的吃处分，而是会被退学的！"

顾小北真的是令我失望透顶。我忍着那种失落装出很紧张的样子，语气却也咄咄逼人，"哎哟，那顾小北你这新女朋友挺厉害的呀，前几天刚弄我一个处分，这下又要把我赶出学校，能耐啊，我今年是犯了小人还是太招摇了，就这么让某人看不顺眼？眼中钉，肉中刺，难受死了是不是。"我冷冷地看向姜姚，她毫不示弱地看着我，眼神里恨意明显。

"东歌你不要考验我耐心，把钱拿出来还剩多少，我补齐还给姜姚这事就算了了。"

我慢条斯理从包里拿出那只信封，"说的是这个啊？对，是我拿了。姜同学可能是昨晚过得太销魂了，以至于记性都不好了，柜子锁上了钥匙都没有拔，我该怎么办呢？这可不是一笔小数目啊，万一被人拿走了不是要我背黑锅？犹豫了好一会儿，我决定还是把它带在我身上。没想到，

这样一片好心还是被人骂得狗血淋头。"

　　顾小北长吁了一口气，姜姚的表情才是精彩，意外、高兴、失落、被愚弄的愤怒，她这么死死地盯着我，我将目光收回来，看向顾小北。

　　"虽然我也很想看看如果我真把这些钱花掉你们会是什么反应，一定比现在更精彩。可惜啊，这钱我嫌脏，买什么我都吃不下穿不上身。"我把信封摔在顾小北胸口，站起来对着他的眼睛一字一句说："顾小北，你真让我恶心到了。为这么个女人几次三番伤害我，从现在开始，我不认识你。"

　　顾小北从未见过我这么冷漠的样子，他试着喊了我一声东歌，我没理他，侧过身指着姜姚的鼻子，"以后离我远点，不要再给我耍那些下三烂的招。以前缠着为安的那些狂蜂浪蝶什么阴招不会使，对付你这么个乡下土包子绰绰有余！喜欢顾小北所以和我过不去？请你睁大眼睛看清楚，这种男人我压根没兴趣，他不搭理你不是因为我，是他根本看不上你。就算你们真有什么，他也只是想玩玩你。你太爱他了所以被玩也没关系对吗？那我送你两个字：贱货！"

　　我今天是彻底将从顾小北身上学来的狠劲学以致用，姜姚被我说得还不了一句嘴，只剩眼泪在眼眶里打转。真的是楚楚可怜，对比我，我简直就是一只剑拔弩张的刺猬。我看到水晶墙饰上映射出我的脸，张牙舞爪、青筋爆出，

第五章 她的圆明园,被一把大火烧了

我厌恶地挪开了眼睛,拔脚就走。

我难过极了,我从没有想过我和顾小北的关系会被这么一个女人毁掉,我以为我们之间有默契,有那种只属于我们却难以向人言的感情。我甚至一度对他充满感激,是他把我从泥淖里拖了出来,逼我勇敢,逼我坚强,逼我狠起来。我没有对他说谢谢,我以为他是明白的。他该明白我们对彼此是特别的,不会也不应该有别人介入。但是我现在明白了,这一切的一切都是我以为是。是我忘记了,忘记了他劣迹斑斑的过去,忘记了他是一个享乐主义者,忘记了他曾经说的两个人在一起一秒快乐一秒。这样一个在世间放纵游荡只为快乐的人,我怎么可以忘记他从未对谁付出过真心。

但是想起他身上这种冷漠又冷硬的东西,也只用了一秒钟。

顾小北伸手来拉我,我恶狠狠地甩掉,恶狠狠地看他一眼,扬长而去。转身的时候我眼泪就砸了下来,我在暗暗发誓:"顾小北,这是你最后一次看到我的背影,以后,你连背影都不会看到。"

我打车回学校直奔宿舍,开始飞快地收拾我的行李。收拾到一半我丢下箱子,为什么是我走?不,我不走。我不再是当初那个遇事只想逃的东歌了。我看到墙上为安的照片,他明媚的笑容刺痛我的眼睛。我看着他,眼泪就停了。

我的心委屈极了,丢下满地的狼藉走到阳台上透气抽

烟，夜空里有一轮毛茸茸的黄月亮，不知道是因为我眼睛有眼泪还是空气中雾气太重，我有些恍惚，觉得它在我看不见的银河里荡漾，一圈又一圈，无知无觉的空虚，像一张无形的大网，从天而降。

顾小北发来极长的短信解释缘由，"姜姚和我说实话了，你误会了，昨天晚上我送完她就去找齐哥喝酒了，喝到天亮在他那睡了会儿回家继续睡，关机是手机没电自动关机。我去喝酒是因为心里很苦闷，因为你总是无理取闹。每次我都是出于对你的好意，你都能把它反复曲解各处引申来令我伤心。东歌，你的狠劲全用在了我的身上。我不知道该怎么和你说，你想怎么样就怎么样吧。我听你的，也随你。我无所谓。"

我冷漠地念完短信，把顾小北的号码拖进了黑名单。

14. 断垣望谁归

和顾小北绝交后我一个人都没有搭理，独来独往吃饭走路上自修，日子波澜不惊。只是夜里我常做一些乱梦，为安时常出没，有时候在大雾里，有时候被湖水淹住了大半个身子。我感觉到他的恐惧，看到他呼喊的嘴形，可是我听不到一点声音。梦里死寂得连落雪的声音都听得到，

第五章 她的圆明园,被一把大火烧了

而寒夜,像被冰冻住一样,又硬又冷,怎么都敲不开。

好几个夜里我被惊醒,这么心思恍惚地坐在床上无望地等天亮。这个时候我想到顾小北,我想对他说说这些诡谲的梦,哪怕颠三倒四,胡言乱语。我必须说出来,好像这样我的恐惧就能减少一分一毫。但是我能猜到他的反应,他肯定一点也不打算安慰我,他把他的万千柔情雨露均沾般地洒在每一个他看得上眼的女孩,却不愿意对我伸出一点点援助。他会冷言冷语地说:"你做这些乱七八糟的梦预示陈为安要彻底离开你了。就跟人临死前的回光返照一样,他让你最后见他几面。"

我有预感,为安一定是出了什么事,我相信心灵感应,我也相信冥冥中有注定,不然为安不会这么无缘无故出现在这么诡异的梦境里。可是我无能为力,我甚至不知道为安现在是否还在北京。但是我心里还有最后的希望,那就是,在最最走投无路的时候,为安会找我。

我又梦见了为安,午夜的一条斑马线,他坐在红绿灯上,穿着那套我熟悉的天蓝色睡衣,赤着脚摇摇晃晃。这次终于有对白了,我说:"为安,你为什么坐在那么危险的地方?快下来!"

为安置若罔闻,他说:"站在这里才能看得很远的方向,我在找我的家,我想回家了。"刚说完,为安就掉了下来。我眼前一黑,有千万条黑线像针一样齐刷刷刺进我的眼睛。这时,手机响了,凌晨四点四十八分,一个陌生号码。我

的心突然跳起来，一定是为安！

　　分开第 197 天第一次听到为安的声音，在这样昏蒙的静夜里，极细微的电波声，旁人沉睡的呼吸声，这一切都令为安的声音听起来那么不真实，以至于我以为我又进入了另一个梦。一层一层越来越深，越来越走不出来。

　　可是他的声音是真的，就贴在我的耳边。那样倦怠而温柔的语调也是他的，他说："东歌，我睡不着觉，想听听你的声音。"

　　他说："东歌，你过得好吗？"

　　他说："东歌，我很想你。"

　　为安温柔的话并没有给我安慰，反而给我带来更深的绝望，甚至令我产生了一丝恨意。我不知道为什么。可能是等待的时间太长太久了吧，像神话故事里那个被锁在深海的瓶子里的魔鬼，关了三千年重获自由时，他只想杀了那个给他自由的人。

　　但是我舍不得杀为安，我还是要为他鞍前马后，疲于奔命。我问为安："你在哪里？过得好不好？有没有生病？过得开心吗？钱够不够用？"

　　但是为安词不达意地回答了我一句："这里好多天都见不到阳光。"

　　"为安你到底在哪里？"

　　"我过得很辛苦，就是想和你说说话，听到你的声音的时候，我又觉得过去的我回来了一些。"

第五章 她的圆明园，被一把大火烧了

为安说得我越来越莫名其妙，"为安你到底怎么了？"

"东歌你想看看我现在的样子吗？你想看的话就上线，我在线上，我给你视频。"

我连忙挂了电话用手机上QQ，打开视频。一秒，二秒，三秒，视频接通，为安久违的脸近在咫尺。他穿着一件白色睡袍，脸瘦了一大圈，神思恍惚的样子。我一看见他，眼泪就掉了下来。这不是我的为安，那么憔悴无助的样子。

这个人絮絮叨叨地向我讲述他的经历，讲他和徐砚美在京城度过那段快乐的时光，出入纸醉金迷的场所，闪耀似明星。然后是他妈妈冻结了他所有的银行卡信用卡，他们都不是节制的人，很快从布置得像个家的单身公寓搬出来，住进了地下室，泡面维生。见不到一丝阳光，为安每天躺在床上看着唯一一扇窗户透出的一点亮光，听着走过的行人的脚步声。一个人，两个人，三个人，渐渐没有声音。

为安说话的时候我觉得他离我很远很远，虽然他的声音就在我耳边，钻进我的耳膜。我的心一点点冷下来，我听不下去，我好想求为安闭嘴，不要再说话了。就让我静静地看一会儿你，看到你我的心就安定下来了。

但是我马上发现了不对劲，为安的背景金碧辉煌，全不像地下室的样子。他的睡衣也像是酒店的那种白色睡袍。我警觉起来，问为安："你现在在哪里？是在酒店吗？你怎么还会有钱去开房？"

为安沉默了会，艰难地开口，"东歌，我是在工作，

这个工作的环境挺好的，也不累。"

"什么工作需要在酒店！"我几乎是喊了出来，吵醒了姜姚，她翻了个身，抱怨道："吵架去阳台吵！"

我只好下了床躲到走廊里，昏暗的照明灯，冷风嗖嗖地穿过。我死死地看着为安，逼问："什么工作要在酒店！为安，你到底在干什么？"

"东歌，你误会了。我没有做你想的那些坏事。是一个朋友介绍的，好多人都在做这些。我只是坐在这里通过网络陪一些人聊天而已，有的时候，按照客人的要求提供一些……"为安不再说下去，我完全懂了。他竟然为色情网站工作！我不可置信地看着他，看着那个和为安有同一张脸的人，愤怒、心痛、失望、绝望，所有那些强烈的感情围困住我。我一字一句说："陈为安，你清楚你自己在做什么吗？你的自尊呢？你的骄傲呢？徐砚美爱你就让你做这些吗！"

"阿美在酒吧给人跳舞，她更努力比我赚的更多一些。"

我冷笑："你们过得可真是神仙眷侣般的生活。"

话说出口我就后悔了，我从未对为安说过如此残忍的话。果然，为安的眼睛暗了下去，一对悲伤又冷漠的眼睛看了我几秒钟，说："东歌，我要继续工作了。我没什么事，挺好的。就想和你说说话。"

为安关视频前试图给我留一个微笑。可是那个笑容还没有形成，视频就结束了。我握着发烫的手机，感觉到脚

第五章 她的圆明园，被一把大火烧了

底生凉。我觉得冷，而我的身体僵硬如石块。右脚抽筋了，疼到没有知觉。我颤抖着在冰凉的楼梯上坐下，抱紧我自己。我什么都做不了，眼看着为安沉沦，眼看着他深陷泥沼，而我无能为力。我能做的只是抱紧我自己，再紧一些。睡吧，这只是一个更可怕的梦。梦都是反的。醒了就没事了。

过了多久呢？时间的流逝没有意义了。天空渐渐显出铅灰色，宿舍的铁门哐一声打开了。渐渐有声音，走路的声音，灯管亮起的声音，洗漱的声音。我像在睡梦中被突然惊醒，腾地站起来，回宿舍拿了钱包就往外冲。我需要酒精，大量的、刺激的、麻木的高浓度的酒精，我需要它来帮我抹去那可怕的梦魇。

我就这样穿着睡衣赤着脚冲进这个肃杀的冬日清晨，散不去的浓雾，空气里的煤灰味，沉重的快要压下来的云。这一个画面盘踞在我的记忆中很久很久，很多年以后我都无法忘记。无法忘记的还有我在浓雾里歇斯底里地喊的那句话——我宁愿你死了也不愿意看到你这样！

我从来都没有对人说过，在我心目中，为安就像是一座圆明园，花了漫天心血，用最上等的材料，最精细的人工，置最珍稀的宝物，我想要一生一世，却被一把大火烧得干净。

我无法向你描述我的绝望。就像我无法用声音去描述寂静一样。但是我相信有一天你会明白的，人生那么长，总有一个瞬间，一秒钟，你会体验到那黑云压城般的无边绝望。我提前祝福你，愿你平安度过，愿你不被他人毁灭。

青春隔山海

　　我在便利店卷走很多酒，沉沉地挂在手上，好像这就是我能站立在人世间的所有重量。天还没有完全亮，我无处可去。路灯一霎暗了，白天快要来了。我想到顾小北家的那个天台，疾步走过去。感觉不到冷，也感觉不到疼，只有麻木，可怕的麻木。

　　可能为安就是一个幻想，而幻想是注定用来破灭的。

　　我喝酒的速度从一开始的猛灌到一口一口啜饮，我介于清醒与恍惚之间，我告诉自己太阳下山了我就回去，好好睡一觉，慢慢会好的。你要相信时间的力量，相信分离带来的冷漠感，没有哪一种爱情值得人去死。我趴在水泥墙上，俯瞰底下热闹喜乐的人们。为什么你们感觉不到一点苦呢？我的手一松，一只酒瓶应声而落，没有砸到人，但是引起了尖叫怒骂声。我露出报复的、冷漠的、无关痛痒的、贱兮兮的笑。

　　那个差点被砸的女生的男朋友冲上天台，打算教训我一顿。但是估计是看到我烂醉如泥的样子下不了手，不但没打我，而是拿出手机打了个电话。没过一会，顾小北反而上来了，十几天没见，他厌弃地不看我一眼，只是跟那个男生说了两句话，冷着脸一步步向我逼近。我这才想起刚才那个男生有点脸熟，原来是和他一起吃过一顿饭，是顾小北一个还算要好的学弟。认识顾小北以后，你就会发现"六人理论"处处适用。我晃悠悠地把双手举过头顶，"我是故意的，但我没想到会砸到自己人。对不起。"

第五章 她的圆明园,被一把大火烧了

顾小北看我的眼神就像在看一只破麻袋。他又走近几步,怒气冲冲地把剩下的酒瓶全砸了,对我吼道:"全干了!爽快了!"说完他一把揪住我衣领,像拉畜生一样把我拉下天台,进了房间摔进浴缸,冷水从莲蓬头里倾泻而下,我一个激灵醒过来,恶狠狠地瞪着他,破口大骂:"你是人吗!"

"自己不把自己当人,还指望别人把你当人!"他一点也不手软,继续用冷水浇我。我用指甲掐他,一把抢过莲蓬头,往他身上浇,发了疯似的厮打起来。这一举动彻底激怒了顾小北,他扬手重重甩了我一耳光,"东歌,你他妈逼得我要动手打女人。"

我被他打傻了,愣愣地贴着瓷砖站着,一动也不动。僵持了一阵,顾小北把我抱出来,又放了滚烫的热水,开始脱我的湿衣服,再把我抱回热水里,拿了条毛巾,把水扬到我肩上,一下,两下,他冷着脸,紧闭着嘴唇,像是在帮一个已经死去的人做最后的净身。我脚上的伤口裂开了,一小缕红血丝在热水里慢慢氤氲开来。他见了,又折回房间拿了棉签和消毒水,把我的脚放在膝盖上,那姿态又像一个入殓师在整理死者的遗容。

我鬼迷心窍地说了一句:"顾小北,我要是死了,你也这样把我洗干净,换上我喜欢的衣服,再把我放进棺材里吧。我要那种金属的,或者是玻璃的,不要木头的,会有虫子。"

顾小北毫无预兆地红了眼睛，但是没有流眼泪，他不是那种会哭的人。他红着眼睛把我抱出来，拿了条大毯子包好，再把我抱回房间。空调已经开了，床是温暖的。我很快睡着了，在还有意识的最后一秒，感觉到顾小北的手轻柔地散着我的头发，吹风机温柔的声音，温暖的风。

15. 举头三尺有神明

把痛苦交给睡眠是软弱的人度过它的最好方法，我睡醒时天已经彻底黑透了，房间里空无一人。我害怕这种安静，下了床随手打开了顾小北地板上的音响。没有想到他也听莫文蔚，一张《如果没有你》我可以从头唱到尾，那曾是我和为安最喜欢的唱片。"那些以为会永远的昨天……"这样的音乐响起时很容易把人带入一种氛围，我想起为安的都是一些纯洁的、纯真的回忆。比如为安曾告诉我他上幼儿园时白毛衣可以穿一个星期都不会弄脏；为安做错了事妈妈就罚他在客厅里一遍遍走路直到承认错误；初中时有个女生偷亲为安成功而令他难过了好几天。再比如为安一个人能出一幅特别漂亮的黑板报，为安把莫文蔚当女神，还有为安和高年级学生在废弃的围墙边偷偷抽烟，白色的校服衬衫，远处是玫瑰色的晚霞。想起这些我又觉得为安活了，是我把破碎的为安又拼凑好了。我会一直把他保护在心里，而那个遥远的、混乱的、堕落的、深陷的、放纵

第五章 她的圆明园，被一把大火烧了

的人，与我无关。

房门推开，顾小北回来了，为我带了一碗海鲜粥。我接过来默不作声地一口一口吃掉，我想对他说说话，道谢或道歉都好。但是看到他的眼神我就开不了口，那样冷漠与事不关己，他开了电脑自顾自打游戏。我喝完粥，去了趟洗手间。折回来刚走到门口顾小北背对着对我下逐客令，"衣服我给你带来了，你换上自己回宿舍吧。"

"姜姚拿给你的？她怎么会这么好心？"

"好心？"顾小北扔了玩游戏的手柄，转头看我，"她是当笑话讲给大家乐和乐和的。说东歌大半夜接了个电话就跟发疯一样，穿着睡衣抢了钱包就往外跑，后来听说去买了酒，没喝死也没冻死，倒是差点把别人砸死。东歌，算我求你，为了那个人你爱怎么发疯怎么糟蹋自己我不管，我求你躲我远点，别让我看见，我看见了又不能不管，但是你真的恶心到我了。到现在你还以为你的爱情不朽，比我们的都伟大吗？今天我实话告你，你根本就没有爱情，你还可笑地穿了件皇帝的新装任人笑话！"

我对顾小北的话置若罔闻，我专注我的手上的动作。我看着顾小北的眼睛，脱下了身上的衣服，直到一丝不挂，我定定地看着顾小北。

顾小北的表情从晃神立刻转换到愤怒，他嘲我吼："东歌你脑袋喝坏了吧！给我穿上，发什么疯，快穿上！"

"你喝醉酒的时候说过我走近你比你走近我容易多了。

现在我走出第一步了,你为什么不接应?"

顾小北严肃地看着我不出话,僵持了好久,久到令我觉得我是在自取其辱时,他突然站了起来,啪一下关了灯,走过来把我摔在床上,灼热的呼吸喷在我的脖颈,"东歌,你不要后悔!"

我不会后悔。是报复、是自甘堕落,也是陪伴,我的一只脚踏进了为安的泥淖。我也是自救。博尔赫斯说过:世界上任何事物都可能成为地狱的萌芽:一张脸,一句话,一个动作,一幅香烟广告,如果不能忘掉,就可能使人发狂。所以,在过期酒精还能给我盲目的勇气,在莫文蔚伤感到要死的歌声里,我选择和顾小北做爱。忘记陈为安,摆脱陈为安,从毁掉他喜欢的歌手,从毁灭一首歌开始。你不要小瞧流行歌曲,它特别能储存记忆,声光色影,连气味都有,将昨日重现,令你感激又痛恨,你一定也深受其害。

我要毁的就是这一首歌:那些以为会永远的昨天……时间搅碎一切……为什么感觉越强烈,却只会反方向撕裂,越是伤得直接……我们对爱情的一知半解,还是破灭……

我和顾小北之间没有,至少我们都不承认那是爱。我厌恶顾小北身上各种女人残留下来的气息,我更厌恶自己,因为我与那些随便躺在他身下的女人并无分别。我的脑海里有一个声音在呼喊,"天哪,东歌,你知道你自己到底在做什么吗?"然后另一个声音马上覆盖了它:"东歌,堕落是很舒服的,很快乐。"

第五章 她的圆明园，被一把大火烧了

顾小北粗暴地、毫不怜悯地对待我，没有任何安抚就深入我的身体，我感觉疼的时候更感受到一种很深很深的孤独，我像被带到了另一个地方，可是那个地方只有我一个人。我不受控制地流眼泪，用力咬自己的手背。顾小北拉开我，换上了他的手臂。他说："你不是一直想要感同身受吗？咬我的手，你有多痛就咬多用力，不管是你身体痛还是心理痛。还有，东歌，不要哭。你的眼泪是我见过的世界上最不值钱的东西。"

我屏住一口气，把眼泪全化作力气，在顾小北的手臂上留下一个很深的发白的牙印。透过微光，我看到他皱紧了眉却像在发笑。他把我搂得更紧一些，我们都像是在用体温融化另一块冰。我的意识逐渐涣散，远去。这一刻，我又觉得性是好的，至少在这一刻它是真实的，温暖的，有力的，坠落的。

顾小北抱着我入睡，他身上有薄薄的一层汗，音响里依然有若有似无的歌声。顾小北叹了一口气，"东歌，你毁了我初恋最喜欢的歌手。"

"哪个女生？我认识吗？"

"她总是逮着机会不穿校服，爱穿米奇的T恤，牛仔裤，绑一个马尾，走路蹦蹦跳跳的。"顾小北的语气真像是追忆似水年华。但是此时怀里还有一个一丝不挂的我，这就有些流于矫情了。所以我冷笑了一下，但是很快就被他发现了。他说："东歌你不要那样子笑，让人害怕，心里发寒。"

青春隔山海

我只好收起那巫婆似的笑容,顺道和他一起追忆我的高中时光。我想了想,说:"我那个时候也穿米奇T恤,牛仔裤,绑一个马尾。那个女孩一定没有我穿得好看。不过我走路不会蹦蹦跳跳,我穿我们外国语的制服,系那个蝴蝶结,好多人都说我好淑女。"

顾小北笑了笑,"你和她不能比。"顿了顿,他又重新起了个话头:"那个时候你老让我帮你和陈为安上课传纸条。我帮你们传了三年,目睹你们吵架冷战和好,再写些小情小意的甜言蜜语。那个时候我就觉得,你们两个人太过缱绻,不会有结果的。"

我不想和他深究,翻了个身不理他自顾自睡觉。顾小北坐起来,抽了两支烟,关了音响,也睡下了。

我一直没有睡着,睁着眼睛等天亮。窗帘透出一点微光的时候,我轻手轻脚推开顾小北放在我身上的手,起来穿好衣服走人。我没有回头看一眼沉睡的顾小北,如果我回头看了,我就会知道,那个时候他也醒了,又或者,他会早些告诉我实话,他也是一夜没有睡。

顾小北醒了,所以在我走了几分钟以后也跟着我下楼,看我在步行街的路灯柱下站着发了会儿呆。我又转进前面路口的药店,药店刚开门,中年阿姨睡眼惺忪,听到我要一粒紧急避孕药,斜了我一眼,嘴角往下瞥,从玻璃柜中丢出一小盒,"24块。"我付完钱走人,又去便利店买了瓶矿泉水、烟和隔夜的半价寿司。我拎着这些东西去了操

第五章 她的圆明园，被一把大火烧了

场的看台，填饱肚子后开始拆那盒药，粉红色的小药丸上面还有一颗爱心。我不知道这样的设计是嘲笑还是悲悯。我仰头喝了口水把药吞了，又喝了几口漱口。然后我就无所事事地坐在看台上抽烟，看那张没有多少字的说明书。我一根一根抽烟，太阳出来了一些，我感觉到有一些头晕，低下头，看到像被刀削过的薄薄的阳光折射在水泥台阶上，心里又闷又灰败。我仰头看了看冷漠的天空，一点眼泪都没有。我就这么打发了这个早晨，心里跟为安诀别了千万次。

"为安，你看看我，这样堕落恶心的我，你也不要再来找我了。我们各自松手，不要因对方无情而悲伤。"

那个清晨，顾小北只跟到药店就止步了。他向那个中年妇女问了我买的药就折了回去。他一个人上了那个天台坐在薄薄的墙沿上抽烟。他说他看着地面，突然有了种想跳下去的冲动。

我问他："你后来还想到了什么。"

他想了想，说："我们都不能太不羁了，举头三尺有神明。人在做，天在看。"

"你就想到了这个？"

"还有，我在想，如果你和陈为安活着只有分离和孤独，那么你们的爱有什么意义？如果我们在一起有快乐，有温暖，不孤单，为什么这都不算爱？东歌，你走得那个早晨，我就一直在想这些。但是我怎么都想不透，最后我得出的结论就是你就是个神经病，疯子，我再一次被你祸害了进

去。而那些明知不会有结果的事，其实一开始就不应该开始。"

那天中午我回到宿舍接到顾小北的电话问我要不要一起吃饭，陈珂和霜羽也在。为了不让昨晚显示出任何特别或任何意义，我像没事人一样立刻答应了，换了衣服下楼，他在宿舍楼下等我。这是顾小北第一次站在那里等我，身后有薄如尘的阳光，天空蓝得发紫，我向他走过去，眼睛看向任何一个不对着他的方向，不自然地说："不好意思，让你久等了。"

顾小北说没关系，他也刚到。不知道是不是我眼花，我看到他嘴角卷起一个很小很小的笑窝。我说："顾小北，你在笑什么？"

那个笑窝一下子就没有了。

第六章 最爱

自古多余恨的是我,千金换一笑的是我,是是非非、恩恩怨怨,都是我,是我。

16. 姜姚浓墨重彩的一分钟

我们一路静默地走去齐哥那里,陈珂和霂羽已经在了,大家默契地避免去姜姚打工的那家三国策,选择吃隔着好几个门面的煲仔饭。点玩餐坐在那里等的时候,陈珂指指我和顾小北,小心翼翼地问:"你们俩算是和好了?"

我和顾小北谁都没有说话,各自低头玩手机。霂羽在一旁看着,说:"和好了就要有所表示,握个手给我们看看。"说着,抓起我和顾小北的手,于是我们两个有些滑稽地站

青春隔山海

了起来,像两国元首会晤建交一样和平友好地握了握手,不计前嫌,发生过的当没有发生过一样。

我的位子正对着大门,刚坐下来,看到姜姚出现在门口,径直向我们走来。没等我反应过来,她已经把一叠粉红色的人民币重重摔在我胸口,四下哗然。她却在这片哗然声中极其镇定,直勾勾地看着我,"我以前就在想,用钱打人的滋味一定特别好受,今天尝到了,果然很爽。三千块一分不少,收起你们那自以为是的同情心,我不需要!"

姜姚没有看顾小北一眼,她所有愤怒的源头和出口都在我这里,这不知用什么办法补齐的三千块带着她所有清高又可笑的自尊心,重重拍在我的胸口,散落一地粉红。姜姚终于在我们这些人共同的人生剧本里演了一分钟当之无愧的主角,所有的目光都射向她,她微微扬起的下巴,她紧紧抿起的嘴,她满心愤怒,浑身沸腾,这一分钟以她趾高气扬的背影落下帷幕,不知道她多年以后想起这浓墨重彩的一分钟,会不会被自己感动到哭。

顾小北蹲下身子把钱一张张捡起来,他说:"东歌,很多事情都要付出代价,现在你应该明白了。"他站起来,居高临下地看着我,"东歌,你无可否认地伤害了一个女生的自尊,她本来和我们无冤无仇,如果她的人生因此有改变,我们都脱不了关系。"

那顿饭是我吃得最食不知味的饭,大家都变得格外沉默。霖羽脸上突然浮起一个嘲讽又冷酷的笑容,他说:"人

第六章 最爱

都是自毁的。那些为了钱而堕落到不知几丈深渊的女人我见得太多了。你们也别把别人的结果大包大揽在自己身上,路都是自己走的。"

为他说出的这一番话,我目光炯炯地看向霡羽。他又恢复了原本纨绔子弟的本性,笑说:"这么有道理的话也不是我说的,是我初恋女朋友告诉我的,就是赵风敏,长得比舒淇还漂亮。你们上次不是说我吹牛吗?这次我带照片了。"

霡羽说完掏出 LV 钱包,我真是感激他,结束了这样奇怪心慌的氛围。我们凑上去看夹层里的照片,无不大吃一惊,不是为赵风敏的美貌,也不是为他们身后骚包的兰博基尼,而是为霡羽的巨变,曾经潘安宋玉之貌到如今形容委顿,真是天上地下。霡羽如果书再读多一些,他就会知道这个世上有一句诗像是为他量身定做一样——蹉跎慕容色,煊赫旧家声。我后来说给霡羽听,写给霡羽看,他皱着眉看了好一会,问我是什么意思。我解释给他听:"光阴虚度蹉跎了好容颜,鼎盛的景象只在记忆里。"他听完好久没有说话,脸上却出现了悲戚的神情。他垂下了头,极短的平头隔着厚厚的玻璃墙望去呈现出苍老的青色,这种颜色成了霡羽余生的生命底色,他在这种底色里,对我渺茫地笑起来。他说:"东歌,不愧是读书人,这句话说的我心酸又感动,真是说到我心坎里了。以后我死了就拿它刻在我墓碑上,不过,你说会不会有人告我侵犯版权?"

青春隔山海

我说:"没有关系,那个人也死了很久很久了,死人都是很善良的。"

于是他又心满意足地笑了,好像把身后事交代完全了一样。

那是我对霂羽的最后印象,而此刻,他仍然混迹于我们中,同悲同喜,以猎取一个个年轻貌美的女孩当作一剂生命的兴奋剂。看完照片,陈珂拍拍霂羽鼓鼓的小肚子,嘲笑他:"怎么现在这样了啊,彻底长残了。"

他玩笑着说:"不提了不提了,往事不堪回首。"

那时,我们谁也没有把他说的这句话当真。

那晚之后,为安从我的梦境里消失了,对我像是又失去了他一次。武汉下了入冬以来第一场雪,入夜后悄无声息地下起来,我推开窗,外面雪落如尘。我趴在窗口抽了两支烟,吸进肺里的空气带着冰晶儿,凉透凉透。宿舍楼下的那只流浪猫没了影踪,那是一只很体面的流浪猫,黑得发亮的皮毛,黄色的眼睛,鼻子上有一块黑斑,他总是独来独往,又因为太孤单而一点也不怕人。

我胡思乱想,收到顾小北的短信:"外面下雪了。"

我回他:"正在看呢。"

"要出来吗?"

我回他:"懒得出来。"但是在原地发了会儿呆后,我掐了烟,裹了羽绒服出门找顾小北。我们开始经常见面,虽然我深知他并不能照亮我的生命,感受不到我的心,也

第六章 最爱

不懂我的爱与怕。但他就像那只黑猫一样,是一条孤单的影子。哪怕他不说话,就这么单薄地映在墙上,也是种安慰。

顾小北一个人在房间里打足了空调坐在地板上看电影,见到我也没有太大的意外。懒洋洋地打了个招呼,地儿都没挪一下,继续看他的电影。

我脱了大衣抱了靠枕,在他旁边舒服地坐下,电影叫《情欲九歌》,画面在暗夜摇滚、极地白雪和男女纠缠的躯体间切换,我脸红心跳,骂顾小北流氓。他没理我,专注地盯着屏幕,那个女人在昏蒙的黎明没有预兆地哭了。顾小北说:"你看,那莫名的孤独感把她折磨得多么脆弱和不知所措。"他转过脸看我:"像你。看到这部片子我就想到你。你和她一样,渴望建立一种相互囚禁的关系,别人都觉得这太疯狂了,没有人愿意。"

我心有震动地看着他,捧着他的脸和他接吻,在这个暗室的一隅,在电影灰蒙变换的光线里,我吻着这个我曾以为我永远不会爱的男人,心里那么疼。我想到北极的雪、男人的心、爱、性,这些都是冰冷而孤独的。顾小北左手夹着未抽完的烟,烟蒂掉在我手臂上,一点火星,也是种疼。

但是那天晚上我们一起看完了那部电影,门禁前顾小北送我回宿舍,没有打伞,任雪花落在头上、肩上、眉毛上。他一路都很沉默,低头走路。我问他:"在想什么?"

他抬起头看我,问:"要搬过来和我一起住吗?"

我摇头。

他又问:"要和我谈恋爱吗?"

我又摇头。

于是他低下头:"好,都听你的。你高兴就好,我无所谓。"

顾小北一早就知道我的回答,就像我也一早就猜到他一定会用"我无所谓"这四个字来收尾。所有的这些询问表态不过是走过场,以此表明我们瞒着别人做的事只是发乎情而不小心没有止于礼。我们都深知对方的劣性,如果在这种情况下再问上一句:"你爱我吗",那无论是谁,都傻透了。

前面是薄雪覆盖的路,头顶困乏而安静的路灯,我和顾小北不动声色地走在漫天大雪里,彼此不约而同地选择对心底泛起的一些类似感情的暗涌袖手旁观,告诉自己,这不过是温暖的幻象,天寒地冻,有个肩膀在你旁边,你忍不住去靠近;有个臂弯在你手边,你忍不住去挽住。只是这样而已,一秒钟的这种感觉,这种迷惑,并不算什么。

17. 爱的窄门

但是那一阵我们确实迷恋彼此的身体,我们如此的契合,每一次的拥抱、亲吻、抚摸、战栗,直至最后无穷无尽的空虚感。对我来说,顾小北就像是一只巨大的酒桶,

第六章 最爱

能让我沉醉不知归路,忘了我是谁,我在哪里,我为谁而活。可是天亮以后,强烈的阳光照得窗帘变色,我对他又没有剩下多少感情。我想顾小北和我是一样的。

我无法理解那种空虚感,好像极快乐,又像是极哀痛。在一个午夜梦醒时分,我又被这种巨大的空虚感压得不知所措。我想起遥远的像隔了几生几世的为安,悲从中来,默默地流泪。顾小北像是有预感般的醒来,转了身从背后抱住我,声音似醒非醒,"怎么又哭了?"

我说:"我没有哭。"

他伸出右手,手掌贴在我濡湿的脸上,"那脸上冷冰冰的是什么?"

我无话可说。我一直有强烈的倾诉欲望,可是我对顾小北说不出一个字。这种感觉其实更加孤单,其实我好想问他:"你有没有一种一生都摆脱不了某个人的感觉?"但是我没有说出口,因为我知道他不会回答我,他看不起我对为安的感情。

我没有理顾小北,把脸埋在被子里假装入睡。他沉默了一会儿,一个人坐起来抽烟。深夜阒然无声,听得到一呼一吸,烟丝嘶嘶燃烧的声音。我转过脸偷偷看他,黑暗中只有一个轮廓,一点橘黄色的微光忽明忽暗。我突然发现,顾小北也有一些变了,他可能也有想要解放或者原谅自己的东西,他可能也在埋怨我无法倾听他的心。人都是害怕孤独的。我突然想陪陪他,哪怕一起做一件无意义的事情,哪怕他根本不需要这种陪伴。

于是我也坐起来,摸黑在顾小北的烟盒里拿了一支烟,刚要点上,却被他打掉,"好好的女孩子抽什么烟,别让我看到你这个样子。"语气听上去很烦躁。我看了他几秒钟,没有说话。他也看向我,隔着黑暗,隔着烟雾,顾小北显出一种罕见的脆弱和没有攻击力。我愣了愣,问:"你怎么了?"

他没有回答我,掐了烟,抓住我的手臂翻身压上来。这是一个冷漠的人,我感受不到他一点感情的温度。我承受着他的粗暴,他的恨意,被他拖进冰冷刺骨的黑暗潮水中。我想这一刻他和我是一样的,为什么要这样活着,为什么爱那么稀少而珍贵,为什么我们都被排除在这扇高贵幸运的窄门之外。

那一晚之后,我很少在顾小北那里过夜,彼此心照不宣地做回普通朋友,插科打诨,玩笑有度。所幸期末考试周开始,大家只顾埋头背重点,见面打招呼,避开眼神接触,只看额头或下巴即可,也不觉得有多么尴尬。

终于开始考试,隔天我复习到半夜实在冷得受不住,关了台灯上床睡觉。一晚上噩梦连连,冷汗涔涔。第二天挣扎着起来,浑身发冷,泛恶心,搜肠刮肚地吐了几回。洗漱时看到镜子里的自己,双眼无神,嘴唇干裂,两颊却烧得通红。因为担心十点的考试瞌睡,也不敢吃什么药,裹了几层厚衣服,瑟瑟缩缩地出门。姜姚瞥了我一眼,冷

第六章 最爱

漠地擦过我的肩,扬长而去。我们虽然住同一个宿舍,却形同陌路,再没有说过一句话。她夜不归宿的次数越来越多,我也没有兴趣去寻问她在忙什么。

一步一步终于挪到了教学楼,在楼梯上遇到顾小北和陈珂,他看着裹得只余两只眼睛的我,皱起了眉,"你怎么回事啊?"

"发烧了。"喉咙痛得每说一个字都困难。

他自然地伸手搭在我额头上,"还真烧了,能考试吗?"

我点了点头。

"吃药了吗?"

我摇摇头。

"考完了打电话给我,我陪你去医院。"

我又点了点头。

"你进去吧,等等,这杯咖啡给你喝吧,免得你考试睡着。"

我感激不尽地接过来捧在手上,顾小北看着我的狼狈相,竟然笑了起来,"你要一直这样倒也蛮好的,既不牙尖嘴利,也不张牙舞爪,说什么都点头摇头,小媳妇样儿我喜欢。你还是别好起来了,天天这么烧着吧。"

我没力气跟他吵,给了他一个硕大白眼,走进教室。

考完试顾小北陪我去看医生,老毛病,急性肠胃炎引起的高烧,我躺在床上挂水,病房里暖气不足,冰冷的生理盐水由静脉进入身体,手冻得没了知觉。顾小北看着我

青春隔山海

可怜兮兮的样子，出去了一小会儿，不知从哪里弄来一只空玻璃罐头瓶，装了热水枕在我的手下。我看着他低头小心翼翼的样子，想起上次生病也是他这么照顾我的，有些感动，说："顾小北，你这个样子像我家长，像爸爸。"

他立马说："得了吧，要有你这样没脑子的女儿，我宁愿后继无人。"

我懒得理他，赶他走，"顾小北你快点给我走吧，看到你我心里就泛不舒服。"

虽然嘴上这么说，但我确实需要顾小北留下来，帮我看着滴管，让我可以好好睡上一觉。

顾小北搬了张椅子在我床边坐下，"你安心睡吧，我帮你看着。"

"你再陪我说会儿话，我说着说着就睡着了。"

顾小北就这么陪我有一搭没一搭地说着话，我迷迷糊糊就睡着了，也不知道睡了多久，醒来的时候闻到清新的橙子味，还有一种熟悉却久远的花香。我转脸，看到桌子上用玻璃瓶装着几枝蜡梅，顾小北坐在旁边低着头剥橙子。见我醒了，说："刚才去买水果的时候正好看到有卖的，就带了几支回来，闻着病也容易好。"

"恩，好舒服的味道，想起了小时候，小学里都有好多蜡梅树，一闻到这个味道才觉得冬天真的来了。谢谢你，顾小北。"

他笑了笑，递给我一瓣剥好的橙子，吃完点滴也快完了，

第六章 最爱

顾小北按了几次铃也没有护士来，只好亲自过去喊。

他一走我才觉得这会儿已经是黄昏了，仍然有些恍惚，把蜡梅抱在怀里，靠着床沿盯着病房门口，等顾小北回来。夕照洒在米黄色的木门上，越来越淡，越来越冷，冬日的黄昏格外令人伤心。我不愿再看了，把头偏回来，而就在那一瞬，我看到了门口经过的那个人。只那一瞥，我已震动万分。

是为安。

这个世界上不会再有第二个人有这样孤无所依又暮气沉沉的背影，只能是为安。我在几秒钟内反应过来，扯掉手上的针管，追出去。地面那么冷，像跑在冰面上；走廊里扑面的冷气令我打了一个寒战，可是我的心里是那么狂喜，那个背影就在前方，我因为激动而觉得说话是如此困难，好像被一把沙子塞进了喉咙里。

我终于抓住了他的手臂，我终于吐出那艰难的两个字："为安……"

他转过身，一只黑色的大口罩遮住了大半张脸，只余一对伤感而疏离的眼。是为安，真的是为安！我热泪盈眶，我语无伦次，我又满心怨恨："为什么你回来了还不找我？"

为安拉住我的手，"你流了好多血。"又看向我的脚："也没有穿鞋子，东歌，你没有好好照顾自己。"他抬起头，正视我的眼睛，"离开你以后，我也没有好好照顾自己。东歌，我病了，病得很严重。"

113

青春隔山海

我的心揪起来,这才注意到他手里拎了一大袋的药,"这是什么?你为什么要吃这么多药?"

好多人在看我们,为安皱起了眉,"东歌,我们回去吧,回去我再告诉你,我有好多话要和你说。"

为安陪我回病房拿鞋子和羽绒服,顾小北拿着这些东西站在门口,冷冷地看着我。我低着头说了声谢谢,拿过衣物,他却拽着不肯松手。"东歌,不介绍一下吗?"

于是我只好说:"为安,他是我们的高中同学,还记得他吗?叫顾小北。"

为安淡漠地摇了摇头。

我用眼神示意顾小北放手,他僵持了几秒钟,终于放开手。我蹲在地上穿鞋子,听到他不冷不热的声音:"你的手还在流血。"

我说:"没事。"

"也是,反正死不了人,随便你。"顾小北说完就扬长而去,为安盯着他的背影,问:"东歌,你和他很熟吗?"

我条件反射地撒谎:"不熟不熟,正好在医院碰到而已。"

"我不喜欢他这样的人,以后你也不要和他来往了。"

我立刻说好。

我想顾小北可能说的对,我确实是一个没有良心的人,又特别自私。我和为安一样,都是自私无比的人。

第六章 最爱

18. 少年派和孟加拉虎

为安回来了,他还住在原来住的地方,木质楼梯,拼花地板,绿漆窗户,水泥阳台,还有一只旧旧的陶瓷浴缸,昏暗的灯光,对着梧桐树的窗户贴着漂亮的玻璃纸。

我以为那曾经失去的生活又回来了,只有这一方天地,我和为安,再也没有人来侵扰我们。可是事实上,为安一切都变了,金黄色的头发、白的没有一点血色的皮肤、左手无名指上的戒指、没日没夜的失眠、阴晴不定的脾气,为安的每一样改变都一定是有原因的。

那天从医院出来,我问过他:"为什么回来以后不找我?"

他犹豫了一会,说:"怕你不愿意见我,怕你嫌我脏。"

为安的这句话令我心酸,我想起那个肃杀的冬日凌晨,那黑云压城般的无边绝望。为安不堪回首的过去曾深深伤害了我。可是我有什么办法呢?我唯一能做的就是原谅,即使我心有芥蒂,即使我满心不甘,我也只能原谅,对北京、

青春隔山海

对徐砚美、对他经历的种种，三缄其口，闭口不言。

我对他说："为安，你回来就好。"是的，他回来就好。

可是我感觉我接近不了为安，他是回来了，带着他三万块的音响，成袋的烟，整箱的cd，还有他一粒粒整齐地排在七色药盒里的处方药，房间里永远摇摆着这样一种哀伤颓废的气氛。为安已经被学校开除，整天蜷在窗户底下的沙发上抽烟、晒太阳。微微闭上的眼睛，难辨悲喜的表情。我在房门口静静地看着他，看他几个小时一动不动，只是抽烟，烟灰缸里熙熙攘攘，毒蘑菇般的烟蒂和烟灰。我进去换上干净的，喊为安吃饭。

我按他的口味做了清淡的三菜一汤，为安用筷子拨着饭粒，心不在焉地吃着。我试着和他说话："这次过年你回家吗？"

"不想回，我想待在这里。你呢？"他看向我。

我连忙说："你不回的话我就也不回去，在这里陪你。我们两个人一起过年。"

为安说了声谢谢，低下头吃饭。

我有些失落，"为安，如果你想找人聊天，或者说说话，我都在这里。你有什么心事都可以对我讲，就像以前那样。"

"东歌，我知道你担心我。也知道你很努力地在照顾我。我只需要你在我旁边陪着我就好，很多事，我知道我说出来只会令你伤心，所以宁愿不说，自己一个人消化掉它。东歌，你放心，我会慢慢好起来的。"

第六章 最爱

为安固执地把心事都藏起来，而我心里也有太多疑问：他为什么会突然回来？徐砚美又去哪里？那个时候他为什么会那么落魄，要从事那样见不得光的工作？他吃的那些药又是治什么病？这些问题日夜困扰着我，令我不得宁日。

没有想到为我揭开谜底的会是为安的妈妈，这几年，阿姨不再盛气凌人，反而显出一丝老态。我们在附近的咖啡店面对面坐下，她向我讲述了找到为安的经过。原来，是有个人打匿名电话通知她为安在朝阳区的某个地下室里，她赶到的时候，徐砚美已经不知去向，为安在那种暗无天日的地方泡面果腹，酗烟酗酒。看见她也不跑也不怕，满身的伤痕只一个劲地流眼泪，求她找徐砚美，找到徐砚美他就回去。

我能想象为安当时落魄的样子，说不出的难过。更不敢把为安曾为了金钱出卖色相的事告诉她。

阿姨喝了口咖啡，继续说："给我打电话的人就是徐砚美，他们在北京没有钱走投无路，那个女人在酒吧新找了个男人，用他的钱养着为安，后来东窗事发，那个男人花钱找了几个人过去打了他们一顿，还把那个女人绑走了。"

我听着手几乎握不住杯子，这就是为安在北京经历的一切，他以为的爱情，他幻想的桃花源，原来都重重地摔在了地上。他为徐砚美抛弃我，又被人抛弃，如果能预知，我绝不会再最恨他的时候吐出那些怨恨的话。

阿姨空洞的眼睛看着我。"为安现在最难的是他的抑郁症犯了,我生意忙不能每天守着他,请了两个看护守着他,这样他都逃了出来,留给我一张纸条说要去见你,他说只相信你能治好他,他不相信我这个母亲,他和你更亲,他以前就说过他只有你这个亲人。"

"阿姨,我……"

她一个手势阻止了我,继续说:"我不怪他,当年他父亲被判刑我带着十二岁的他要跳楼时,我就知道我和他的母子情分到头了。后来送他去永安,三年后接他回来,什么都给他最好的,他却什么话都不肯说。锦衣玉食却还得了抑郁症,治了一年才渐渐好起来。那个时候我听不到他几句话,唯一几次见到他笑是他和你在一起。东歌,就是因为这些,这几年来我才会一直对你冷言冷语,可是都过去了,阿姨就求你一件事,你帮为安好起来,让他和以前一样。"她从包里拿出一张名片和一个大牛皮纸袋推给我,"这个心理医生是这里最好的,你要说服为安去看。还有这些钱你留在身边,为安需要什么你就给他什么。"

我默默地接过来,我感受得到她的殷切,她的无助,她把所有最后的希望都压在了我的身上。我的手被她拽进她的手里紧紧握住,坚硬的钻石戒指咯痛我的手掌。我望着她,却找不到一句像样的话安慰她。最后,我只是说了一句:"阿姨,我也很害怕。"

送走阿姨,我一个人在入夜的校园里漫无目的地荡着,我还不能见为安,我需要时间消化这些。我也终于理解为

第六章 最爱

什么为安会有那么苍茫的表情,为什么我坐在他身边依然觉得他好遥远好遥远。他独自一人经历了那么多事,令我对他从深深地了解,滑入了可怕的陌生。我不知道我该从何做起,怎样才能把火海里的为安救出来。

我这么茫然地走着,不自觉走到了齐哥这里,一抬头,见到不远处的顾小北、霜羽还有陈珂,我犹豫了一会儿,还是掉头打算折回去。但是被霜羽叫住,几步跑过来拉着我:"哎,东歌,我们都看你好一会儿了,你怎么看见我们就转头走啊?过来过来,大伙都想死你了。尤其是顾小北,一个星期没见你,想得都没人形了。"

我被他拖过去,怯怯地打招呼,挤出笑容:"好久不见,大家都还好吗?"

顾小北一脸冷若冰霜,看都没看我一眼。陈珂拉我坐下,数落我:"东歌,你太不厚道了,陈为安一回来你就把我们大家忘到九霄云外,打你手机十打九关机,不带你这样的啊。"

我连声说对不起,站起来自罚三大杯。刚要坐下,顾小北突然开口:"这酒很贵的,经不起你这么喝,赶紧走吧,大人物在家等着你呢。"

他话中带刺,刺得我下不了台面。我尴尬地站在那里,不知是走是留。

霜羽重重打了他一记,骂道:"顾小北你有毛病吧,人好不容易来了你赶着走。上次是谁啊,我带个姑娘去你

青春隔山海

那打游戏,人小姑娘屁股刚沾你的床你就急吼吼地喊起来,怎么喊来着,哦,对了,'不准坐!那是东歌睡的地方。'顾小北你跟我们大伙一样,承认想东歌是会死还是会少一块肉啊?"

我看向顾小北,他满不在乎地笑:"我那天是嫌你带过来的那个女的难看,随便编了个理由打发她的。"

这时,齐哥忙里偷闲跑了出来,"东歌,好久不见你了。怎么都不来了啊?小顾说你的相好回来了,是真的吗?把他带来给我们认识下呗。"

我干笑着应付了几声,又和他们说了一会儿话,始终心不在焉的,于是就找了个借口准备走。我刚站起来,顾小北就说:"终于要走了啊,走好,不送。"

我看了他一眼,没说什么,和大家提前说新年快乐,道再见。这么些天不见,生疏感已经形成。那段和他们混在一起大口喝酒大块吃肉的日子也过去了。到底不是同一个世界的人,我想我以后不会再来这里了。

人生好像就是由这么一段段结束组成的,想起来真令人沮丧。

我走到街角,顾小北追了上来,说送我回去。我们并肩走了一会儿,他说:"你怎么好像不高兴的样子?他回来了不是应该像那天一样狂喜吗?"

"事情不是你想的那样。"

"那事情是什么样?那天我可是亲眼看到你赤着脚狂

第六章 最爱

奔向他,血跟撒种子一样沿路撒了一地,你也不觉得疼。"

顾小北的语气充满了讽刺。我停下来,死死地盯着他,说:"请你不要摆出这副兴师问罪的样子,你不是我什么人,我也没有义务要告诉你我做每一件事的理由。"

"我也没说咱们是什么关系,谁还不知道你翻脸不认人的德行。我就这么随便问了一句,你就炸起来了。"

我抿着嘴不再说话,顾小北也看出我心情不好,识相地不再说话。走到步行街尽头,我说:"我就住在这上面,别送了,你回去吧。"

顾小北停下来看着我,不知道为什么,他这时又显出一种罕见的温和。在暖黄的路灯下这么静静地凝视我,慢悠悠地:"有什么事不要自己扛着,尽管来找我们。虽然有一阵没见,大家还是一样的。回家过年时记得给大伙发个祝福短信,不要太快忘记我们。哪怕你心里一点都不在乎,这些场面上的事情还要做,为了自己,也为不要伤别人的心。"

我垂着头听着,眼泪在眼眶里打转。他越来越像我的家长,我闷着声音说:"我知道了,我会的。那我上去了。"

"好,走吧。我看着你上楼。"

我走了几步,回过头,"顾小北,我问你,如果你深爱的人被困在一间起火的房子里,可你非常害怕火,你会怎么做?"

他想了想,看着我淡淡地说:"拼命救她出来,或者和她一起抱着葬身火海。"

我愣了愣:"我没有想到你会是这样的答案。"

他自嘲地笑了笑,"我以前也没有想到我的想法会改变。大概幼稚是会传染的吧。"他朝我挥了挥手,"上去吧,再见,东歌。"

我上了二楼,在楼道的窗户里偷偷看他,顾小北仍然站在原地,双手插口袋,仰头不知看向何处。我在暗处看了他几十秒,声控灯暗下去,我在黑暗中慢慢爬上楼,心里越来越坚定。顾小北说的没有错,拼命救他出来,或者和他一起抱着葬身火海。如果我真爱为安,我就应该有这样的勇气。

第七章 漫长的告别

青春可能只是你的几寸皮，或是她身上的几块肉，可是为安，是我的骨头。

19. 千里共婵娟

年关将至，学校冷清了好多，大部分学生都回去过年了。趁着小北睡觉的时候，我坐车去超市买一些年货准备年夜饭。这一年是个寒冬，黑压压的天色，凛冽的风声，我站在川流不息的马路上，被人撞散了购物袋，食物散落一地。我突然没有力气往前走，被淹没在这样的人声鼎沸里，目睹着满城热闹喜庆，觉得再也坚持不住了，好想痛哭一场。

青春隔山海

可是不能哭,今天是除夕,是一年中最温暖人心的日子。我用冻得僵硬的手胡乱抹掉眼泪,把东西收拾好抱在怀里,牛仔骨、明虾、小羊排、蘑菇、咖喱、芝士、葡萄酒。我要快点回家,为安在等我回去做年夜饭。

正当我站起来的时候,眼前出现了一双手扶住我,又帮我提走手上的重物。我诧异地看着顾小北,"你怎么还没有回家过年?"

"今天就走。你留在这里了吧,走,上车,我送你回去。"

我这才留意路边停着的那辆车是霈羽的改装奔驰,坐上了车我才发现我和顾小北根本不适合两个人独处,那种沉默令人有些心慌。

"我先送你回去,然后接了霈羽我们就走了,他这个年想去我家过。"

我哦了一声,不知道该继续说什么,只能装作认真地看窗外。正好手机响起,是美云的电话,她对我不回家过年习以为常,只说:"压岁钱我打你银行卡上了,你去买点好吃的,买点穿的用的,一个人在那里别把年过得惨兮兮的。"

我连声说好,犹豫了一下,还是告诉了她:"为安回来了,这个年我和他一起过。"

她像是叹息了一声,"东歌,以前你外婆送给我一句话,我现在说给你听,一个人命里该你受的你怎么都逃不了。妈也不多说你了,就啰唆一句,好好歹歹,你要给自己留

第七章 漫长的告别

条退路,别全搭进去。"

我没有再说话,默默地挂了美云的电话。抬头看车窗外,天色已是灰蒙蒙的了,天空格外低,晚来天欲雪,大概就是这样的景象。我忽然难过地好想哭,不敢回那个只有为安的家。有那么一瞬,我想对顾小北说,你把我也带回你家过年吧,多个人多双筷子,我吃得不多。

顾小北像是感应到了什么,扭头对我说:"不然你也跟我们回去,热热闹闹过个年再来?"

我走了为安一个人孤零零的怎么办?我摇了摇头。

车子很快到了我们楼下,顾小北突然拿出一只红包递给我。我愣了愣:"你又不是我长辈,干吗给我红包啊。"

"是齐哥给你的,我们每个人都有。齐哥说在他们老家有这么个习俗,领了别人的红包来年还要再见的。齐哥怕过完这个年你就溜了,再也不来见我们,所以特意给你封了一个厚的。"

我被感动得心里一暖:"齐哥的心意我心领了,以后我一定回去多看看大家。但是齐哥挣钱太不容易了,这红包我不能拿。"

顾小北硬是塞回我的手里,"你安心拿着,以后我会找机会还给他的。"

"小北,我们……"我还想说点什么,可是欲言又止。顾小北了然于心,笑了笑,"东歌,你知道过年的时候要讲人情吗?比如除夕的时候农户就把劳作的农具收在墙角,

青春隔山海

讨债的人也不天天登门拜访了,中国人重年,让人们欢欢喜喜地过个好年比什么都重要。所以,东歌,你现在什么都不要说了。我们的事,我们明年再说。"

我看着顾小北,也笑了。我说:"顾小北,新年快乐。"

"新年快乐,东歌。"

我送走顾小北然后上六楼,看到为安在门口贴福字和春联,看见我,他招呼我过去看。"苍梧茂叶凤呈祥,红梅映雪鹊报喜。"横批是"万方春色。"毛笔字是为安自己写的,银钩铁划的徽宗瘦金体,写在大红纸头上,显出一丝冷清无血肉。但我没有说穿,只夸为安春联写得好看。

他接过我的手里两大袋东西,碰到我冰冷的手,皱起眉头,"怎么出去不戴手套。"说着,捂在自己的怀里,拖我进屋。有些兴冲冲地说:"东歌,我还买了烟花,待会儿吃完年夜饭,我们一起去天台放。"

我连忙说好,为安今天看起来状态不差,我也松了口气。

和为安面对面吃年夜饭的时候,外面已经热闹非凡,烟花照亮了半边天。我举起酒和他干杯,他要我说祝酒词,于是我想了想,说:"祝一切都会好起来,祝我们永远在一起。"

为安笑起来,一口饮尽杯中酒。喝了点酒的为安唇红齿白,艳若桃李,比女孩子还要好看。只是美则美矣,也显出了他的脆弱,连我都比为安坚强硬气。我该怎么好好保护他才能令他不再受到一丝一毫的伤害?

第七章 漫长的告别

酒酣耳热，和为安拉着手并肩站在天台上看烟火，夜色温柔，那些稍纵即逝的美丽花儿好像就开在不远处，伸出手就像能触到她们的温度，空气中弥漫着火药热烈的气味，隐隐有碎屑飘落下来。我挨为安更近一些，我觉得这一刻美妙极了，为安就在我的身边，温热的、柔软的、伸手可触的，好像再也不会离开我。这一刻我内心充满感激，我在心里默默念叨着："但愿人长久。但愿人长久。"

我转脸偷偷看为安的脸，幸福得想流眼泪，又惴惴不安，可能这一切只是冰面上的盛景，马上就脚底一空，跌入冰冷刺骨的水中。

我和为安，我们还能有多少这样的快乐片段呢？

为安突然开口，"东歌，幸好还有你陪在我身边。"

"为安，不管发生什么我都会陪着你，你不要怕。"我攥紧了为安的手："所以为安，一切都会好起来的，你要相信你自己，你更要相信我。"

为安说好，说他会为了我振作起来。我当时好感动，可我忘记了，为安是最擅长说漂亮话的，他说过"不再让你孤单"，说过"你还有我，我陪着你"，还说过"因为要照耀你，所以我要先把自己温暖起来"，这些话捆绑了我小半生，一分钟的温暖却要用无尽的眼泪来偿还。所以我永远无法对他无动于衷，所以每次他让我回头，我总是会没有出息的回头。

除夕夜和为安裹一条毛毯缩在沙发里看春晚，守夜。

万籁俱寂的时候，我们带上香烛去寺庙祈福。古寺里香火鼎盛，我和为安虔诚地跪拜在蒲团上，深深叩首。温厚的如来，慈悲的观音，怒目的金刚，为安一座佛一座佛地拜过去，双手合十，是最谦卑的信徒，头顶高悬的那块匾，苦海慈航四个字如同此生唯一的救赎。我长久地凝望它，凝望。我在心里对佛祖说：〝佛祖，我叫东歌，我以前是不信你的。可是现在我来了，我不求别的，我只求你保佑我身边的这个人，让他渡过苦海，一生免苦免忧。如果他身上的罪孽太深太重了，那么请你降临一半在我的身上，让我跟他同悲同苦。〞

为安跪得太久，站起来的时候踉跄了一下，我连忙扶住他。他疲惫地笑了笑，挽着我的手一步步下山。天快要亮了，雾气苍茫，火红的日照隐在背后，好像天上也有一座香火鼎盛的寺庙。那一刻，目睹朝阳升起的那一刻，我曾充满希望，我以为我能令为安好起来，我以为我做得到。

20. 他亦飘零久

为安不过好转了几天，下一个抑郁周期很快又到来，我陪他去医生那里，赵医生犹豫了一下，才下笔开处方药。我让为安去拿药，留下来问医生，"为安的病是不是更加

第七章 漫长的告别

严重了?他一直睡不着觉,食欲很差,整个人也越来越低落。"

赵医生沉吟了一下,似乎在取舍哪些可以说,哪些要闭口不言,"金女士对为安的病也非常关注,虽然目前他的情况并没有明显的好转,但也不能就此说病情恶化了。我考虑了他个人的愿望,给他换了一种安眠药。"

为安确实对医生说过,"我不要什么疗程,我只求你能让我在天黑以后连一只猫一只狗都在睡觉的时候我也能入睡一会儿。"

"我心有顾虑,"那个药副作用会更大吗?"

赵医生不打算瞒我,"普通人像你吃了,可能睡三天都睡不醒。"他平静地看着忧心忡忡的我,安慰道:"东歌,你要坚持住,要比为安坚强,只有我们都对他的康复充满信心,他才会一点点爬出他人生的最低谷。"

"有的时候我真的不知道他木然地坐在那里在想什么。医生,你能告诉我一个抑郁症患者脑袋里到底在想什么?"

他的目光透过冷冷的玻璃片,"他们都盼着死,想得最多的事,就是放弃一切,去往最黑暗的地方。所以,你要做的是,拖住他,不要让他走。"

我想起那些昏蒙的清晨,看到为安一个人孤零零地坐在阳台的躺椅里,背影暗淡而灰蒙。我轻手轻脚地走过去,还是惊动了他。我问他:"为安,你在想什么?"

为安冷漠地说:"我怎么还活着。东歌,我在想,我死的时候,可能会觉得特别快乐。"

我感觉无助,无助压得我在那样灿烂的日出里,站都站不住脚。那些白花花的阳光像白铁一样压得我喘不过气来。

那种无助和现在在医生这里感受到的无助是一样的。为安领了药回来,我站起来,向赵医生深深鞠了个躬,随为安一起回家。

路上我哄为安,"刚刚医生说了,你的情况有好转,失眠也只是暂时的,这次新开的药吃了马上就会睡着的。"

为安没有说话,木然地点了点头。

这天晚上,为安惯例吃得很少,喝了一小碗白粥就搁下筷子,倒了杯热水吞一大把药,吃完药一个人缩在沙发里用电脑看连续剧。我收拾完,坐在旁边陪他一起看。不知道过了多久,肩膀上多了一些重量,我转脸,为安长长的睫毛覆盖在眼睑上,像一只困倦纯良的鸽子。他终于睡着了,如他一直盼望的,天黑以后,能有一晚安睡。

我合上电脑,小心挪了挪位置,正襟危坐,让他靠得更舒服些。睡着的为安看上去是多么幸福啊,我真感激这个世界上有这些特效药的存在,尽管副作用可怕,依然给了我们微小的希望。

但是特效药很快也失去了神奇魔力,没过一个星期,为安服药一次三粒,依然要到近天亮的时候才睡得着。有一次他在这个时辰入睡,醒来脸上有一些笑意,告诉我他

第七章 漫长的告别

做了一个很美的梦。梦见他和徐砚美又回到了北京,抱着好多肉啊鱼啊新鲜时蔬走在重重积雪的胡同里,在四合院里生起一只火炉煮火锅,外面下着鹅毛大雪,他们喝酒喝得暖暖的,站起来抱着跳舞。

我静静地听他叙述,为安好久没有一口气说那么多话了。只是他说着说着,又突然没有了声音,我知道他想起了人间蒸发的徐砚美。

为安问我:"东歌,我睡了多久?我觉得这次我睡了好久。"

我佯装看表,"快三个小时了吧。你快点趁着睡意再眯一会。"

于是为安欣慰地阖上眼睛。我松垮下来,忍着的悲哀流露在脸上,为安所说的幸福、宁和、漫长的时光,不过十分钟。他只睡着了十分钟而已,上天为什么要这么残忍,没收掉一些人的睡眠,令他们清醒到痛苦到冷漠到麻木,却不给他们更多的快乐。

为安睡不着的时候,我陪着他,他躺在床上,我坐在床沿,给他念一些书哄他入睡,有时候念一些佛经,有时是名人传记。这天为安突然说想看《红楼梦》,于是我随手翻了一回,手指指着,一字字念过去。"只求你们同看着我,守着我。等我有一日化成了飞灰……"我不愿再念下去,怎么偏偏选了这么消极的一回。我对为安说:"今天就念到这里吧,你该睡觉了。"

青春隔山海

为安置若罔闻,仰面望着天花板,自顾自说着:"飞灰还不好,灰还有形迹。等我化成了一股轻烟,烟还可凝聚,人还能看见。须得一阵大乱风吹得四面八方都散了,灭了,自由了。等我死了……"

为安沉浸在他自己灰飞烟灭的臆想里,像投湖自尽的人,往湖中央越走越深。我大喊他的名字:"为安!为安!"

他转脸看我,像大梦初醒的样子,"东歌,人会有灰飞烟灭的一天吗?像我这样的人还可以灰飞烟灭吗?"

我无力地安慰他:"为安,你不要失望,会好起来的。"

"什么时候?你告诉我什么时候会好起来。"

我回答不了他,为安拧熄了落地灯,我们在黑暗中静默了一会,他疲惫的声音响起:"东歌,你去睡吧,我想一个人静一静。"

我带上房门出去,披了件羽绒服去楼下步行街的长椅上坐一会儿。为安不知道我有这个习惯,每当我觉得烦躁、失落、甚至有一丝丝绝望或恨滋生的时候,我就一个人下楼来,在暗淡的路灯下静静坐一会儿。北方隆冬的夜色,很黑很浓重,残酷冷漠,能安抚一个走投无路的人。饥寒交迫的人会说:桌子可以吃吗?椅子可以吃吗?草垫子可以吃吗?就是这样一种几近绝望的末日感,它像一条巨大的水蟒,紧紧缠绕着我和为安。我多想告诉为安:你放开自己,痛苦要藏在心底,悲伤要努力克制,受到的欺骗和伤害你要去原谅,你还有我,你放过别人才能放过自己。

第七章 漫长的告别

可惜为安置若罔闻，不管我如何爱他，他都只想抛下我，一心盼着去死。这是多么讽刺啊，我完全放弃我的人生，与他沉沦，与他进入蛮荒之地，受身体之苦，受灵魂侵蚀，而我变成了他在这个世界上唯一的羁绊，因为我，他无法去死。

我突然想到，他是否其实心里恨我？

突然，长夜里响起了一声骇人的哭喊声，紧接着，又有其他的声音鬼哭狼嚎起来，我吓了一跳，鸡皮疙瘩从手臂泛到脸上，我惶恐不安。这时，头顶响起一个软绵绵的声音，"别怕，只是附近有人死了，人刚好晚上出殡而已。"

我惊魂未定地抬起头，没想到是姜姚，她穿着邋遢的睡衣，蓬松着长发，手缩在袖子里，捧着一扎啤酒和烟。我没想到会在这样的时刻碰到她，"你怎么会在这里。"

她自顾自地在我旁边坐下，"我也没回家，在这附近租了房子。有点失眠，出来买点酒，没想到碰到你。"她拆了白色包装的万宝路，示意我要不要来一支。我摇了摇头。她给自己点了一支，指给我看她房子的窗户，就在街的另一面，"其实，我常常看到你一个人大半夜不睡觉，坐在这里发呆。"

我看向姜姚。她有些变化，这种气息我太熟悉了，堕落的气味，是把自己摔在地上，任由人践踏。自从上次她把三千块摔我脸上，我们再没有说过话。我没想到，我们会在一个冬日长夜，在骇人的哭声中并肩坐着，有点冰释前嫌的意思。

她也看向我，笑着说："我没有以前那么穷了，我现在甚至租得起房子。原来书里没有说错，年轻的，有点姿色的女人，要养活自己并不难。"

我没有兴趣去关心她的钱是从哪里来的，她对我说的话比不上一个要剪掉的指甲盖。

姜姚识趣地说："我知道，你不关心。说说你呢，都还好吗？"

我条件反射般地说："我过得很好，再好不过。"

姜姚没再说话，抽完手里这支烟，她站起来告辞。"只是为什么我觉得你终于和那个你口口声声深爱的男人在一起了，却远没有和顾小北厮混的那一阵快乐呢？"我仰起头，她这么居高临下地看着我，眼睛里似有怜悯，"东歌，我在你身上看到了爱情也许会毁掉一个人。"她笑了笑，卖弄风情的模样，"不过，爱情大概也只有你们这样的人才配拥有吧，真羡慕你们。走了啊，帮我问候顾小北，祝他新年节快乐。"

姜姚走后，我一个人又呆坐了一会，直到哭声止了，天微明，我才拖着沉重的脚步慢慢上楼。我没有想到，那个时候，顾小北就隐在那扇浓黑的窗户边看着我。他过完年就回来了，躲在姜姚的房间里，醉生梦死。后来他对我说："东歌，你说得对，堕落是很快乐的。没有东西，没有人能令我振奋起来。我感觉得到你无助、绝望，可我一点都

第七章 漫长的告别

帮不了你。我只能麻痹自己,告诉自己你很快乐,人是愿意为爱情吃苦的。"

我不知道这算不算是一种感同身受。顾小北欠我的感同身受。

21. 阿修罗、泥菩萨

2月14日情人节,满大街的浓情蜜意,连医院这样冷冰冰的地方也显出了一点柔软的气息。我陪为安看完医生,领了药走出医院,天气晴朗,阳光中有春天的气息。为安这天穿了一件白色的羽绒服,看上去虽然清瘦,但是精神好了很多。他淡漠地看着街上来往的人群,转脸对我说:"东歌,以前这天我巧克力和花会收到手软。"

我笑了笑:"现在还是一样。要趁着天气好去看个电影或者去公园晒晒太阳吗?"

为安在阳光中皱起了眉头,"不去,我现在还受不了人群。"又走了几步,他突然说:"东歌,我觉得我像是被人从过去的生活中驱逐了出来,没有恋人,没有朋友,没有社交,是一个彻头彻尾的失败者。只有你还留在我身边,我们这么过一天拖一天。"为安的语气悲观异常,在路边停下招手拦出租,"回去吧,阳光刺得我流眼泪。"为安躲阳光的样子,像一只不能见天日的吸血鬼。

青春隔山海

　　为安回到家就躲进了房间里,我开始轻手轻脚地打扫卫生。过了一会,传来罕见的敲门声,我和为安从没有客人。我怔了怔,连忙跑过去开门,生怕这陌生的敲门声吵醒可能在睡觉的为安。

　　客人是顾小北,他已经是春天的打扮了,新做了头发,又潮又精神,只是手里有些滑稽地拿了一支粉色玫瑰。当然,我并不比他好多少,我想我当时更加滑稽,穿得像个老奶奶,绑着头发,手里拿着大拖把。我们就这样有些滑稽地对视着,这是我们新年的第一面,我笑了笑,"好久不见,顾公子。"

　　神采奕奕的顾小北让我精神振奋了一些,好像推开窗意外见到雪地里一丛花。我有些动容地看着他,问:"你怎么跑到这里来了?"

　　他把那支瘦嶙嶙的花递给我,"给你带点人间的节日问候来,顺便邀请你共进晚餐。今天是我生日,一起过来和大家吃个晚饭吧。"

　　我有些吃惊,我从来不知道顾小北原来有一个这么浪漫的生日,在情人节出生。"不好意思,我不知道今天是你生日。那,生日快乐,应该还不算太迟。"

　　顾小北一副意料之中的表情,"5点在俏江南,会过来吧。那位要是有兴致,也欢迎他一起过来。要是他不乐意,你来露个面也行,就大家凑个齐,毕业前也大概最后一次能有个由头把大伙都凑齐了,尽量过来吧。"

　　"好,我尽量过来。如果不行,我会提前打电话给你。"

第七章 漫长的告别

"我只当你说定了。"顾小北双手插在裤兜里,好像有些不知道该说什么的样子,最后点了点头,"那我就先回去了,晚上见。"

送走了顾小北,我找出一只玻璃瓶盛了些清水,装那支孤零零的花。不知道是不是因为没有了比较,这么静静地看它,觉得它这么矜持地立在水里,立在午后的阳光里,分外美丽。

直到为安从房间里出来,我才惊觉自己发了好一会儿呆。他端着水杯,擦着我的肩走过去,淡漠地瞥了一眼玻璃桌面上的花。我酝酿着怎么开口,为安自己说:"我在房间里都听到了,你要去吗?"

我试图解释:"在你离开我的那段时间里,那些人给了我很多帮助。我觉得我应该去见一见他们。"

"为了一个连名字都没有印象的所谓高中同学,你要把我一个人留在家里?你明明知道,每天黄昏的时候是我情绪最不稳定的时候,而你要在这个时候一个人出去,怎么说来着,寻欢作乐。"为安的语气是那样刻薄。

我克制住情绪,努力温和地说:"为安,如果你愿意去,他们也一定会欢迎你。正好你可以出去换换心情。"

"你那帮廉价粗鲁的朋友,我一点兴趣都没有。"

我受不了为安尖酸刻薄的模样,反唇相讥:"那你就继续日复一日躲在家里当鼹鼠好了。为安,你自己想想你这些天的表现,对我态度冷漠,百般挑剔。公平一点,为安,

青春隔山海

我也是一个人,我们曾经是你八年的朋友,也是你抛弃的恋人。现在我心甘情愿待在这里,忍受这一切,并不是我欠你什么,我从不欠你什么,为安!"

"你变了,东歌。"为安的眼神语气,变回我所熟悉的哀伤与无依无靠。

"为安,你也变了。从前的为安很善良,会觉得有我这个朋友是件很骄傲的事。会买来夜宵陪我在通宵教室里学习,会对我感同身受,我们是彼此每天睡前唯一想说话的人,我们分享每一个秘密,每一件美好的事物,为安,你一定忘了,我们曾经熟悉亲密得好像一个人。可是现在的为安呢?他自私、悲观、骄傲、无礼,还有,堕落。为安,我一直想说这两个字,现在的你,很堕落。"

我和为安同时掉下眼泪,他哭的样子依然令我心如刀割,"东歌,我没有变,我只是病了。你要帮我好起来,只有你能帮我好起来。"

"为安,也许你和我都高估了那个叫东歌的女人,也许她就是一尊泥菩萨,自身难保,在泥浆水里自己一边融化,一边还要拖着你。为安,也许我根本救不了你。"

为安伸过手来拉我的手,"东歌……"

"给我一晚自由好吗?为安,你也让我有些害怕明天的到来了。这样的我,在你身边不会有任何帮助。"

为安松了手,不屑再看到我。房门重重地甩上,门锁应声而落。我硬起心肠,强迫自己不再去关注那扇房门里

第七章 漫长的告别

的一举一动。我走进浴室，恨恨地脱下身上臃肿的毛衣，浴霸明黄的光，又暖又亮，热水自高处流出来，冲刷着我全身的疲惫。浴室里水汽弥漫，我隐隐升起一种仿似重生般的虚假幻象。

我换了一件宝蓝色的高领毛衣，配黑色的呢子大衣，在镜子前坐下，慢悠悠地化了一个一丝不苟的妆。近两个月，我都没有装扮过自己，没有好好凝视过自己，我几乎都要忘了自己的长相。现在，看着镜中这貌似焕然一新的人，心中的愁云又压下来，相由心生，这是一张年轻却惨淡的脸。我全无兴致，怔怔地坐在窗边，看着黄昏一点点降落下来，莫名得心慌。为安说的没有错，黄昏确实是一天中最难过的时刻，好像一切都要消失了，怎么也握不住，却还在徒劳地伸出手。

我脱了行头，换上那灰扑扑黯淡的毛衣，去敲为安的房门。等了好久，久到我以为这扇门再也不会为我开时，为安开了门，通红的眼睛望着我，抢在我前面说：" 对不起。"

" 我也是。"我说："我们好久没有这样吵架了。为安，我不去了，我去帮你做晚饭，你今天想吃什么？"

为安说想喝鱼汤，是我们在永安时美云常做的鱼汤，要用牛奶煮，鱼肚子里藏上肉末，汤里加木耳香菇，最后撒一大把新鲜欲滴的香菜。为安刻意描述，我心领神会，他在用他的方式与我和好，以证明我们都没有变，我们都找得到重归旧日温情的道路。

青春隔山海

　　于是我和为安在黄昏的时候出了家门，去附近的菜市场买了新鲜的食材回家烹饪。我一个人站在厨房里守着煤气炉，汤锅内鲜嫩奶白的鱼汤发出咕嘟咕嘟温暖的声音，为安坐在不远处看着电视。窗外夜色浓重，放在口袋里的手机嗡嗡震动，是顾小北的电话。我按了拒听键，给他发短信："不好意思，我不过来了。你们玩得开心，生日快乐。"

　　顾小北没有再回复我，我把手机放回口袋，把锅端出去，招呼为安喝鱼汤。

　　为安吃得一如既往的少，陶瓷碗里浅浅一小碗，喝完就搁了勺子，静静地看着我吃饭。为安安静起来像一只大白猫，我含笑着问他："怎么一直看着我？"

　　为安难得笑了笑："多吃一点，你做得很好吃。"

　　我在厨房洗碗的时候感觉为安站在我身后。我回过头，他一手拿着我的大衣，一手提着我出门穿的靴子，像一个乖小孩站在那里，又懂事，又令人心疼。他说："东歌，你去吧，和寿星喝几杯酒，和你的老朋友们聊聊天，早点回来，我在家等你。"

　　我有些手足无措，"为安，我不一定非要去。"

　　他轻点头，"你该去。你不该为了我放弃你的生活，东歌，你让我看到了我的自私。刚才我在房间里想了很多，那个时候我才想起来我也很久没有见到你笑了，而以前，你是多么爱笑的一个人。"为安走过来，为我披上大衣，又把靴子放在我面前，"东歌，去吧。"

第八章 太上忘情，太下不及情

我想起和你一起上的高中语文课，讲《世说新语》的那一节，老师在讲台上说："太上忘情，最下不及情。情之所钟，正在我辈。"你的手藏在桌肚里，给你的为安写情书。

22. 没有岁月可回头

我几乎是被为安推着出了家门，走在浓黑的夜里，心里涌起一股近似感激的心情。打车到武汉广场，门口已经显出散场的寥落。问了服务员找到他们的包厢，有些发怯地推开门，满地狼藉，空气里混杂着烟酒味、剩菜味和蛋糕的香甜味。包厢里两桌人散了一桌，剩下的一桌都是老面孔，虽这么说，也因为好久不见，觉得生疏有些不知所措起来。

还是霖羽坐在正对着门的方向，看着我笑了几秒钟，颤巍巍地走过来给了我一个大拥抱，"东歌，你个没良心的小丫头片子，想死哥哥们了。"说着，揽着我走过去。陈珂，齐哥在旁边起哄，"来晚了啊，自罚三大杯。"

顾小北没看我，也没说话，动手倒起了酒，玻璃杯三大杯，一整瓶葡萄酒下去了大半瓶。我自知理亏，也没讨价还价，拿起来就喝。喝到第二杯的时候，他醉眼蒙眬地看着我，伸出了手，"先坐下来吃点菜缓缓吧。"

我这才坐入了席，对面是卢珊，姜姚也赫然在列，这多少让我有些吃惊。她冲我举了举杯子示意，我没有回应。席上还有两张新面孔，霖羽左手边坐着个年轻女孩，右手边则是个穿浅粉色衣服的女生，天真又优雅，在这么乌烟瘴气的环境里，也透着呵气如兰的气质，朝我矜持而友好地微笑。半醉的顾小北主动介绍："这是童薇妮，医学院的学妹。我爸在北京的一个生意伙伴的女儿，小学妹，国际班的，托我照顾照顾。"

说完又转向童薇妮，"这个就是我跟你提过的东歌。学姐都差不多长那个样，徐娘半老，硬撑在货架上还把自己当个水果。"

顾小北不入流的笑话引来了笑声，我却没有觉得半点好笑。端起面前的第二杯酒一口喝掉了半杯，顾小北有些

第八章 太上忘情，太下不及情

阴阳怪气地说：“怎么，这么着急喝完就要走啊。”

我有些恼了，扭头看他，"顾小北你有毛病吧，别逼我在你生日的时候还骂人。我来晚了这不是已经跟你诚心诚意地赔罪了吗？就不能放过我？"

顾小北明显有了些醉意，拉着我要和我理论：“谁没放过谁啊？陈为安回来的时候，你一个招呼都不打拍拍屁股就走人，我有纠缠过你吗？我不是被你踹了一句话都不说！”

气氛有些冷，我感觉到所有人的眼光都聚集在我的脸上，这让我觉得很难堪，有些后悔为什么今天晚上一定要来。我以为是个轻松的聚会，老友见面，聊聊近况，我没想到顾小北会这样。

我把剩下的酒全喝了，因为喝得太急，还呛到了一下，我头发晕地站起来和大家告别，"我还有点事，就不扫你们兴了，先走了。你们尽兴喝，咱们下次有机会再聚。"

我话刚说完，霁羽和齐哥的脸也冷了下来，他们算是这一群人中的老大哥了，我不敢再去看他们失望的眼神，退席走人。

还没走到门口，顾小北醉意朦胧的声音传来，"我的生日礼物呢？东歌，我想要的礼物就是一个答案。"他走过来，用狠劲扣住我的手腕，硬是把我拉回酒席，"东歌，我知道你可能觉得不配，如果我把我自己和陈为安相提并论的话。可是今晚，我就是要犯一回傻，发一次疯，我就

青春隔山海

在这么多人面前问你,我和陈为安,你选哪一个?你别跟我来朋友这一套,你自己心里最清楚,我们之间经历过什么,发生过什么,是不是对你来说,那些一点意义都没有。"

顾小北完全不在乎旁观者的反应,他进入了自己的角色中,扮演着一个深情的受害的角色。他在你面前坐下,就这么有些真挚,有些哀求地望着你,而我知道,其实他自己理想的答案也不在这两个选项里面。如果为安没有突然回来,如果我们没有暗流汹涌却无疾而终,那么他一定不会做到今天这一步,甚至,如果没有前面那两个假设,现在他早已将目标转向别处,姜姚或者眼下的童薇妮,每一个都可能成为他的目标,他也乐于将交往的女孩的名字排成一张 excel 表格,这是多么轻松而游刃有余的感情生活啊,顾小北毫无疑问要的就是这些。我从不相信他对我的感情会比别人更深,我更不相信我对他的意义会比一场艳遇更大。所以我吸了口气,说:"顾小北,你这样何必呢?"

他却对我笑,是那种温和而循循善诱的笑:"东歌,选一个吧。像选明天是吃中餐还是西餐那样选一个吧。"见我还是没有反应,他甚至替我拿起了主意,"不然丢硬币,看看老天爷想要你选谁。"顾小北忙不迭地浑身找硬币,那醉醺醺的模样,真的有些可笑和难堪。他身上没有硬币,有人递过来,纤巧细致的手腕,是童薇妮,她递给醉汉一枚硬币,并像鼓励并支持他的任性般地冲他笑了笑。

顾小北接过来,硬塞在我手里,"正面是陈为安,反

第八章 太上忘情，太下不及情

面是我。不，得说名字，老天爷不知道我是谁。反面是顾小北。"我仍然不为所动。我觉得这简直就像是一场闹剧。我恨恨地看向顾小北，他却说："东歌，痛快些，当送我个生日礼物，我只是要个答案死心。"

我拗不过他，用力将那枚所谓代表命运的硬币丢向上空，在和所有人一起仰头等待它落下来的时刻，我的心里突然涌起了一个可怕的念头，一个我从没有设想过的念头。我还没有确定那个念头是否真的是我所想时，命运之币已经落下来，在桌面上旋了几个圈，停住，是正面，老天爷帮我选择了为安。

我看向顾小北，我们所有人都看向他。他的反应有些像掐掉了声音的电影慢动作回放，没什么表情，缓缓地站起来，撑在桌面上的手滑了滑，弄翻了一桌的空酒瓶。这才有了声音，硬玻璃敲击地面闷闷的声音。顾小北就在这片狼藉的声音里走了出去，姜姚最先反应过来，追出去。

我突然感到寂寥，是那种别人运尽功力袭你一掌，你低头发现自己身体是棉花做的，你胜之不武，他铩羽而归。

我无心应酬，站起来向大家告别。走出包厢，夜色如此寂寥。我一个人游荡在漆黑大街上，无力感裹挟着我。我如此沮丧，不是为了顾小北。他只是一个导火索。在刚刚那枚命运之币抛向上空的时候，我脑海里突然出现一个念头：撒手抛下这一切，逃到一个没有人认识我的地方。对为安我真的有些绝望了。我不仅要修补他，我还要承受

青春隔山海

物是人非。以前我总欺骗自己,他不会变的,原来的他会回来的。可是呢?他确实是另一个人了,温情往事只偶尔在他身上回光返照。就是那丝微末的光蛊惑了我,令我变成了嗜战之神阿修罗,满手拿着刀想保护他。可这些刀,上面沾了他的血,也沾了我的血,令我再也无法拥抱他。

至于顾小北,我从未对他寄予过希望,因而多数时候对他也是无动于衷。即使在刚才,仿佛所有人都在为他难过时,我心里想的是:好一出戏。我身上有为安的冷漠。

我回到家开了门,为安一个人坐在地板上看电视。只开了一盏落地灯,在昏浊光线笼罩下,令他似一尊神龛里的佛像。我惊动了他,他转脸,似有笑意:"比我预期中回来得早。"

"差不多就散了。生日每年都过,也没有什么了不起的。"我换了拖鞋在他身边坐下,他在看一档讲动物寿命的专题节目:狗平均活不过十年,金鱼六年,北海道的一种老鼠春天出生冬天即死,最可怜的是蜉蝣朝生暮死。

为安说:"其实还是活得短一些好。爱更珍贵些,快乐更深刻,苦难悲伤也不能时时乘虚而入,已经没有时间给他们撒野了。"

我心里也有同样的想法,应了声:"对。"

为安转脸看我:"东歌,我们来猜一猜彼此能活到多少岁。"

"你先猜我。"

第八章 太上忘情，太下不及情

为安想了想，"78岁吧。那个时候你头发都白了，脾气也没有那么大了，应该会是个温柔可爱的老太太。"

我想着为安形容的模样，微微笑："那你就活到80岁吧。那个时候头发没有了，牙齿没有了，也不敢穿明艳的衣服了，不再哗众取宠，你再也骚包不起来了。"

"那我多出来的两年没有你怎么过？"

"你忘了你比我大两岁？"我看着为安的眼睛，说："我78岁的时候你刚好80岁。老了以后，我们可能都不会有孩子，我们的亲人也都死了，我们住在同一家老人院，死了还葬在同一片墓地里。我们年轻时就该去选好地方，这样就可以放心踏踏实实地死了。"我蓦地有些难过，想到我和为安日后的下场，悲从中来。

为安安抚般地用手掌盖住我的手背，"东歌，大概我没有那么容易死。我的生命线很长很长，我想老天爷也大概不愿意这么轻易就放过我，我可能会活到一百岁。那个时候，你已经在泥土里了，我就在墓地附近住下来。你不要怕孤单，每天我都来看你。这样我也不孤单，没有你，我会很寂寞。我不敢先死，我一个人怕地狱。"

我不知道为什么我们要在一个春寒料峭的深夜谈论这样一个不详的话题，可是它确实驱走了我内心的恐惧与绝望。我趴在为安的肩上流眼泪，我虽然脆弱地哭着，可是我想告诉为安，我们依然要相信爱和命运。爱会令我们勇敢，而命运则令我们有所敬畏。

我没有说出口,因为我知道,为安是明白的。

为安摸着我的脸,眼睛无邪明亮,那么深情,像摸着自己的明天。我知道,为安是把他的全部希望都放在了我的身上了。我,无处可逃。从此,就是一个手拿着刀的阿修罗。

我吻了吻他的脸。

23. 你看我的背影,像不像条狗

"只有这种凋零是不会令人心疼的。为安令我明白,原来希望是寒冷的。因为我们又生出了一点稀薄的希望,于是我和他,就还有一段更为漫长的时光要去度过。有时候,我宁愿不要这样的希望。"

——东歌日记

二教是师大最破旧的教学楼,逼仄狭窄的厕所,生了锈的铁窗,老水箱滴答滴答在漏水,水泥地上积了一汪,幽幽地映出窗外的花树。这是我现在能回忆起来的关于我曾经是一个母亲的全部细节。但是这个场景很快就断了,下课铃响,女学生嬉笑着走进来,我把验孕棒丢进水槽里,

第八章 太上忘情，太下不及情

拉了一下水阀，一大股水冲出来，裹挟着它打了一个水涡，消失在了黑漆漆的下水道里。

我走出厕所，扶着水泥墙，满手的冷汗，阳光那么刺眼，我几乎觉得这样的阳光快要把我杀死了。

怀孕的事我没有瞒为安，或者说其实我根本瞒不住。为安是怎样聪明的人，他用一碗鲜嫩鱼汤就戳破我的谎言，我起身去洗手间吐的时候瞥了为安一眼，他正坐在餐桌前，面无表情又事不关己的样子，那一瞬，我突然觉得很心寒。

我趴在抽水马桶，搜刮五脏六腑恨不得把它们都吐出来。感觉到后颈有只冰冷的手搭在上面，为安蹲下来抚着我的脖子，慢悠悠地说："你和我说你们只是普通朋友。"

我对着一堆难堪的呕吐物像对着我不堪回首的过去一样流眼泪，"为安，我也曾经迷失自己，也不知道自己在做什么。只希望有个人能陪着我，能拎着我的脊梁逼我站起来。是你令我迷失了，我才会有那些遭遇。"

为安凑近我一些，一只膝盖贴着地使目光与我平行。他这么看着我，甚至伸出手帮我擦眼泪。可是他嘴里说出来的话却冷得像一条薄薄的刀片，切在我的皮肤上，还没有感觉到疼，血已经流出来了。为安说："东歌，你自己去处理掉。我只要想到你肚子里怀着一个我一眼都瞧不上的人的孩子，我就觉得恶心。真的，特别恶心。"

我拂开为安的手站起来，蹒跚地走出去。我不知道我在想什么，我竟然回过头笑着问为安："为安，你帮我看

青春隔山海

看我的背影,像不像一条狗?"

"东歌,是你背叛了我。"

"你一再抛弃我,垃圾怎么会有背叛的资格?"

我把自己关在厕所里很久很久,那个陈旧的厕所,碎瓷砖的地面,水箱里的水滴滴答答,最后一点余光透过花哨的窗纸透进来,我把冷水撩到脸上不停地洗掉眼泪,抬起头在裂了一条缝的镜子里看到那微弱的夕阳,怎么也打捞不起来了。我一直耸着的肩膀、提着的脊梁,突然都放软了。

我不想见到为安,开了门一个人走出去,去我的老地方坐一坐。这个城市的夜晚总能给我带来安慰,它一定目睹了我在这里度过的所有幸福快乐的时光。我觉得我只要抬头看一看这夜空,那些消失的快乐会像星星一样落下来,淋得我满身璀璨。为什么曾经是所有快乐之源的人如今只能带来伤害和痛苦呢?当为安吐出"处理掉"这三个字的时候,我真的感到了自己的可悲,失爱之人比不上丧家之犬。

我睁开眼睛,上方一双世故而漠然的眼睛,好久不见的姜姚冷不丁地出现在我面前,手插在牛仔裤的口袋里,裤腰低得露出了两块嶙峋的骨头,好像谁伸手一碰都能解下她的裤子一样。她笑嘻嘻地说:"东歌,好巧啊。"

我抬眼望望街对面的窗,说:"巧吗?姜姚你是不是吃了没事干就爱偷窥我啊?"

她一口承认,"对呀,那个时候我和顾小北就趴在那

第八章 太上忘情，太下不及情

个窗台上看你，还打赌你什么时候会下楼。"姜姚在我旁边坐下，用刻意的不在意的语气八卦："听说顾小北和童薇妮在一起了。你记得那个女孩吗？上次他生日带过来的那个。她是学医的，你知道学医的女人有多恐怖吗？有一次大伙一起吃饭，吃得好好的，她突然夹起一块肝问顾小北，让他猜是左叶还是右叶，还自顾自分析说什么门静脉的分支走向角度平直，这是肝左叶的特点。我们一桌人都吃不下，就顾小北觉得好玩，笑得特别大声。"

姜姚多像失恋的样子，我觉得好矫情。她动不动就把"我们"啊、"大伙"啊放在嘴上，好像真的融入进去了一样。我冷笑一声，故意令她难堪，说："顾小北不是也和你在一起过吗？多久？十几天有吧。"

她也不恼，转头笑看着我："东歌，我知道你瞧不上我。可是我喜欢和你说话。顾小北喜欢过你，和你聊聊他就觉得很亲近。"

我没心情听她的絮叨，站起来打算走，她却拉住了我，"再听我说一会儿话行吗？"

奇怪，我在姜姚身上看到了一些和我相似的东西，这种相似令我又坐了下来。听她倾诉对顾小北的爱慕，像顾小北曾经在我身边扮演的，守灵人的角色。我听着姜姚支离破碎的话，渐渐理解了当初顾小北的心情：爱情到底是怎样把一个人弄得如此脆弱？

"顾小北和我在一起的那十天，就住在我们那个小房间里。虽然大部分时间用来抽烟喝酒，还有留意你们的一举一动。顾小北从不碰我，他嫌我脏。霰羽一早就告诉他我把自己处女夜卖了个好价钱，就是欠你们的800块，我问霰羽要的。我问顾小北为什么还要和我在一起。你猜他怎么说？他说是为了堕落，想体会人不断往下坠落的感觉。虽然他这么说，可我还是觉得很快乐，很幸福。我这样的人和你们不能比，一点饼干屑一样的快乐我都放大无数倍，而很大的苦我又能缩小成一点，大概这就是所说的贱命一条吧。顾小北是我唯一爱过的人，唯一给我过温暖的人，我感激他愿意给我这些时间。"姜姚像如梦初醒般转过脸看我，"东歌，我该恨你的，我从来没有这么恨过一个人。可是当我看到你为陈为安做的那些，我对你一点也不恨了，不管顾小北多么爱你，我都不恨你。因为你和我是一样的人，我们都是爱情的走狗，天地不仁，使万物为刍狗。东歌，你怨吗？"

姜姚最后一句话触动了我，我从没想过我会在这个我瞧不起的女人面前哭，我甚至把她当成了一根稻草，"姜姚，我怀孕了，我不知道该怎么办。"

"是顾小北的吧。"她的反应比我预想的平静很多。"如果我没有猜错的话，陈为安应该是让你自己处理掉吧。你那个男人，看上去就非常、非常自私的样子，爱做世界的中心，以为自己是纽约的曼哈顿。"

我倔强地扭过满是眼泪的脸，"为安不知道，我没有

第八章 太上忘情，太下不及情

告诉他。"

"你把这个孩子生下来然后送给我吧，我来养他。"

我像看一个疯子一样看着姜姚，她扑哧笑了，"我开玩笑的。你不想要这个孩子吧。想什么时候去？我陪你去吧，我知道个郊区的医院，还挺干净的，也不怕会遇到熟人。"

"你告诉我地址，我自己去就可以了。"

"别傻了，这事得有个人陪。又不是商场退货，这是从你身体里拿个骨肉出来，再逞强的人也会被那种空虚和罪恶压得喘不过气。"姜姚历经沧桑般的语气，"真的，我不骗你。你尝过就知道了。"

我没有再说话，姜姚在我旁边抽完几支烟，站起来就走了。我望着她瘦削的背影和乱糟糟的头发，我知道她一定是一个人经历了一些事，可是她从没有人可以诉说，也从没有人在乎心疼过她。我害怕有一天，我会变成和她一样的人。

24. 提枪的猎人

我和姜姚约好了下星期一去医院，这天一早，我化了一个遮盖本来面目的大浓妆，望着镜子里艳俗如一把塑料花的自己，我狠狠地骂了自己一声："东歌，你真贱！"

青春隔山海

　　走出房间，我在为安的房门口站了一会儿，他的门紧紧关着，我在心里默念，"为安，你出来看看我吧，对我说一声不要害怕。你不能这么置身事外，是你领我走上爱情这条路的，却一再在中途撒手不管。我一个人跌跌撞撞，很疼很疼。为安，你出来一下啊。"可是房间内静得没有一点声音，我转头看见客厅的玻璃桌上放着一个信封。我打开来，崭新漂亮的粉红色人民币，多么大方慷慨的为安！

　　医院在很远的郊区，出租车沿途经过基督教会、劳改所和一个牛羊屠宰场，之后便是尘土喧嚣的土路。天阴沉沉的，姜姚也不怎么说话，但是她问过我："要把手借给你握下吗？"我拒绝了。我说："我没事。"

　　终于到了目的地，环境比我想象中的好很多，没有残破肮脏的墙，护士医生也穿得还算干净。周围都是当地人说着凶巴巴的方言，有一点稀薄的阳光透过铁窗户照进来，让我稍微安了安心。我坐在旧得看不出颜色的长椅上，看着姜姚前前后后帮我缴费拿单子，手续办得差不多了，她在我旁边坐下，给我拿了杯热水捂着，"都弄好了，再等一会儿吧，你是第四个。"

　　我从包里拿出那个为安给的信封，递给她，"花了多少钱你自己从这里面拿吧。"

　　她笑了笑，从里面抽了几张，又把信封还给我。"待会儿要我陪你进去吗？"

　　我摇了摇头。

第八章 太上忘情，太下不及情

"东歌，我可以摸摸你的肚子吗？"她刚问完就把手轻轻地搭上了我的腹部，自顾自说起了话："宝宝，你选错了地方，所以你没有机会来到这个世界上了。不过这个世界也不值得你来，一点点的快乐要用很多痛苦去交换，你不来是幸运的。"

我一阵发冷，连忙推开她的手。她有些凄凉地笑了笑，这才恢复了正常。

没过多久，有个护士过来给我发了体温计，然后把我带进了休息室，我见到另外两个面色暗黄的女孩子沉默地坐在那边。护士给我们发了药，开始讲些手术的注意事项。听着听着，我忍不住发抖，两只手握都握不住。又进来一个护士，让我脱掉裤子换上手术衣服，清洗下身，然后输液等待手术室传唤。冰冷的液体输进我僵硬的身体，我看到做完手术的人躺在床上毫无知觉地被推出来，这时候才感到真正的害怕，控制不住地发抖，牙齿互相碰撞的声音。那两个女孩转头看了我几眼，眼神里没有同情，也没有轻视，她们都仰着头，定定地看着自己头顶输液的管子，好像那就是自己的命运，小心地、卑微地仰视着，生怕它又会有什么变数。

终于轮到我了，躺在手术床上，任医生给我带上呼吸罩，注入麻醉药，渐渐地，我觉得气罩里的空气越来越稀薄，我握了握拳头，还有一些知觉，朦朦胧胧看到眼前有白色的影子晃过。应该已经开始动手了吧？冰冷的器械慢而熟

青春隔山海

练地刺入我的身体，我毫无痛感，可我感觉到疼，一种没有着落的，纯粹是心理的疼，然后一点一点被麻痹，失去了所有的感觉。我不敢想起为安，正如树林深处的鸟不敢想起提着枪的猎人。

我像是做了一个很长的梦，醒来的时候身上盖着温暖的被子，感觉就像小时候无数个早晨美云把我从被窝里喊起来去上学。感觉身后有人扶了我一把，我晕眩了一下，看清了他的长相，是顾小北，而姜姚早就不知去向。

有多久没有见到顾小北了呢？我记不起来了。他没有什么改变，只是整个人的色调暗了好几个色阶。他安安静静地看着我，那个眼神我以前见过，我们曾目睹一辆货车把一只猫顷刻间压成了一张猫皮，连最后一声尖叫都只有半截声音。那时，他的眼神就是这样的，太过安静而隐藏起了所有的感情。现在想起来，我和顾小北的这大半年，就像是这张猫皮，把所有的血、骨头、内脏都藏在了里面，太阳曝晒，它很快就又干又坚硬。结结实实地水泥般横亘在我的记忆里，令我以后再也不敢想起。

我说："你怎么来了？"

他没有回答，只是专注而忧虑地看着我。

我有些紧张，立刻否认："孩子不是你的。"

顾小北这才说："我知道。"他的声音沙哑得像吞了一大把沙子，递给我红糖水喝，又埋下头认真地剥不知道从哪里弄来的红鸡蛋，剥完了送到我嘴边，"吃一点吧，

第八章 太上忘情，太下不及情

图个吉利。"他的手指被染得红红的。

我听话地咬了两口，味同嚼蜡，顾小北脸上露出松了一口气的表情，好像这颗鸡蛋是灵丹妙药，能治百病一样。我问他："童薇妮知道你来这儿吗？"

"今天先不要说她好吗？"

"你回去吧，我再休息一会儿自己就能回去了。你先走吧。"

"你现在站都站不起来，怎么自己回去？在这里等我一下，我去领药，马上回来。"

顾小北一路小跑消失在走廊里，有个小女孩由男朋友陪着，小心翼翼地问我："姐姐，手术疼吗？"

我笑了笑："一点也不疼，别怕，很快就好了。"刚说完，我眼泪就流了出来。顾小北回来了，看到不停流眼泪的我，也没有再说话，手在床架上重重地捶了一记，沉默地把我从病床上抱起来，往外走。

"东歌，你后悔吗？"他的下巴贴着我的头顶，这样问我。

我摇了摇头。他继续说："我很后悔。如果那个时候我对你说出我爱你这三个字，是不是就不会是现在这样？"

我歪在他怀里，感受着这短暂的如水波一样的温暖，"你为什么不说呢？"

"我以为我们还会有很多时间。没想到属于我们的时间，原来只有这么多。"他把我往上拖了拖，说："东歌，这条路应该是我们最后一起走的路了,你不要哭,你记住它好吗?是春天,有风,有阳光,走过这扇玻璃门,门外有一辆出租车在等我们。"我一直记得顾小北说的这条路,这是我对他的唯一的回报。那天,他送我到家门口就回去了,为安开了门,在门口拥抱我,如同拥抱一束塑料花。他在我耳边说:"这才是我的好东歌。"就在那一瞬,刚刚那些没有着落的、空虚的疼,一下子有了最最真实、凛冽的痛感。那是我第一次,对为安有怕的感觉。

第九章 灰烬里落满白鸽

我在童薇妮的实验室里看到泡在福尔马林里的器官,它们苍白且苍老,我想起你和你的为安。我突然认命,我想这就是你们的一生,这就是我的一生。你们和我装在两个玻璃罐里,生生世世永远遥望着。

25. 东歌,你不要怕

他们说"维多利亚"最近来了位史上最大方的客人,为捧一个酒吧驻唱歌手简直是一掷千金。点最贵的酒,给最多的小费,也没见他有其他举动,每晚都是醉意朦胧地躺在沙发里听唱歌。

我在乌泱泱的人群里寻找为安的身影,他一个人坐在斜对舞台的卡座里,握着一浅杯酒,烟夹在指间,似睡非睡地仰着头,听人唱歌。歌手也不是多么出色的嗓音,但

青春隔山海

是口味很对为安,翻唱一首杨乃文的《我离开我自己》:对世间的离别深信不疑,因此才会想你。一霎风雨我爱过你,几度雨停我爱自己。如何结束一身冷清,梦来了又去……

我没有再走上前,转头向霹羽道谢。为安连续几晚上不知所踪,多亏了霹羽帮我找到他。霹羽指了指台上的歌手,说:"那个就是林汐琼。"

隔着很远我看不清她的长相,只见她穿耀眼的亮片裙子,紫色的头发很是刺目。我想不明白她有什么样的魔力,可以吸引为安不愿再待在家里,深夜搭一辆出租来听她唱歌。

自从那次我从医院回来以后,为安和我说话的次数越来越少,我越来越多看到他的背影、侧影。我问他:"为安,你怎么了?"

他说:"东歌,我累了,我不想说话。"然后他就在夜晚出门,莫名其妙地失踪。因为霹羽的帮忙我才知道他都是来这家"维多利亚"。

霹羽安慰我:"如果在这里的话就不用担心了,这里的老板我很熟,我让他帮忙看着点,有事就给你打电话。"

我连声道谢。他揽住我的肩膀,"跟亲妹妹似的,这点小事谢什么。还过去吗?不过去的话去我们那儿吧,见见大伙。尤其是齐明,你齐哥最近烦心事也不少呢。"

我一到唐朝才发现,一阵没来,这里冷清寥落了很多。对街不知什么时候开起了一家规模更大的店,白天是咖啡

第九章 灰烬里落满白鸽

馆,晚上成了 K 吧,光线缭绕,酒水饮料吃食一应俱全,抢走了齐哥大半生意。连卢珊带着她那一帮同学都爱去那里,齐哥有些自嘲地笑笑:"随他们去吧,那里是年轻人的天地啊。我毕竟是有代沟的人,不知道他们喜欢什么、流行什么,落伍了。"

霜羽皱眉听着,顾小北不为所动,低头和童薇妮一起喂兔子。据说这是他们的定情兔,取了个挺像人的名字叫王梦菲。小两口天天吃过晚饭满校园溜达给王梦菲找青草吃。童薇妮见到我,抬起头甜甜地笑,喊我学姐。

于是我也笑,寒暄道:"挺好看的兔子。男的女的?"

顾小北插了一句:"公的。"

我自讨没趣,不再理他们,转过身跟陈珂聊天。陈珂不知道我的事,所以问我:"最近都怎么样?"

"老样子,不好不坏。"

"你天天窝家里不出来,都难得见你一回。喝酒没你总觉得少了一个人就不够尽兴。今天怎么有兴致过来了?"

我还没有说话顾小北的声音又冷不丁地插了进来"今晚国王自己出去风流快活,所以大赦天下。"

上次在医院门口,顾小北说会像以前一样相处,当个心无旁骛的朋友。他果然说到做到,连说话的刻薄劲儿也立刻回来了。我没好气地看他一眼,"什么时候成我代言人了?"

童薇妮轻轻推了他一下,他立刻噤声,低头专心致志地喂兔子。我想起之前在微博上看到顾小北分享的关于他和童薇妮恋爱的点点滴滴。他们在一起发生了很多有趣的事：童薇妮让他搜集鬼故事，一天一个；童薇妮让他签保证书，发《河东狮吼》里古天乐发的誓；童薇妮讨厌烟酒，所以他渐渐开始戒烟戒酒。童薇妮是轻松的、乐观的、向上的，所以他们的恋情欣欣向荣，前途一片光明。我望着对我来说有些陌生的顾小北，有些羡慕他。他比我幸运，他遇到了更好的，更适合他的人，所以他摆脱了我。那么我呢？我没有更好的地方去。又或者说，只有我懂得为安，所以我没有逃脱。我一整个少女时代都是在对为安的崇拜中度过的。我过去常被他感动，因为他曾经是一个真挚无比的人，就像冬天去老师办公室交作业时见到的那盆水仙花，放在暖暖的玻璃桌子上，天真地绽放，吐露香气。我始终相信，为安会变回那个曾经的为安。

陈珂的话拉回了我的注意力。只听他说："东歌，你听说你那个室友姜姚的事了吗？"

"没有，她怎么了？"

陈珂好像有些难以启齿的样子，"你知道她后来做校鸡了吗？我们学校好多男的找她，100块一晚上。前几天被人举报了。学校把她开除了，声明还贴在橱窗里没有撤掉呢。"

我很震惊，但仔细回想过来，姜姚的改变，又觉得是在情理之中，她这样突然变得有钱，除了出卖身体还能有

第九章 灰烬里落满白鸽

什么办法呢。我还想找个机会感谢她,毕竟她伸手拉过我一把。没想到却是这样的结果。"那她现在人呢?她什么都没有和我说。"

"可能回老家了吧,应该不在这里了。她也没有与我们任何一个人联系,估计她也知道,我们这些人没有一个把她真正当朋友吧。"

我心里有些堵,"知道是什么人举报她的吗?"

"听说是有个男的的女朋友,带了一帮人把她堵在厕所里,逼着她跪在地上讨饶,这样也没放过她,出了厕所门就写举报信投进校长信箱了。后来公安局还来人了,不知道她现在怎么样了。"

我没有想到,那天在医院里会是见姜姚的最后一面,她还摸着我的肚子,说这个世界不值得来,一点点的快乐要拿很多的痛苦去交换。我看向霈羽,那个800块买她处女夜的男人,他在一旁听得兴致勃勃又置身事外的样子;又看向顾小北,那个她好像真心爱过的男人,更是一副若无其事的样子。我想我们都是一样的,其实都是冷漠的一群人,那些与我们没有关系的人,他们是生是死,过着怎样悲惨的人生,我们是无动于衷的。这样想着姜姚,我突然有些悲哀了。可能是为了她说过的那句"真的,我不骗你。你尝过就知道了。"

我怕我是第二个姜姚,结局惨淡,无人观看。

我克制住情绪,又在齐哥那待了会儿,走出来慢慢走回家。没有想到顾小北也跟了出来，说："去买包烟，顺路送送你。"

他双手插口袋和我并肩走着，我看了眼顾小北，我问他："顾小北，姜姚这样的下场，我们有责任吗？如果你当初没有给她钱，她不会对这个东西这么渴望，也不会爱上你；如果我没有去用那些钱，她也不会去找霜羽。我们能置身事外吗？我觉得是我们一步步把她推下去的。"

顾小北停下脚步，转脸沉静地看着我，双手搭上了我的肩膀，"东歌，人各有命。人在做，天在看，就是这么一回事。你别大包大揽到自己身上，姜姚和你无关。即使她要怪，也该来怪我。东歌，没你的事，记住了吗？"

这是我熟悉的顾小北，刻薄又真诚。我重重地点了点头。他露出放心的表情，把手放了下来。"我就送到你这里了，该回去了。童薇妮可不好惹，她说了，我要给她绿帽子戴，她就也去食堂戳我二十刀，刀刀避开要害，保证我只是轻伤。你说这个姑娘毒不毒？"

我笑了，"挺好一姑娘，挺适合你的。"

"你待会儿去哪？要去酒吧接他吗？"

我点了点头。

顾小北顿了顿，说："东歌，你也不要再让我担心了。有事别自己扛着，有事就来找我们。"

我说："放心吧，真出事了就死赖着你们，一个都别想逃。现在反悔还来得及的。"

第九章 灰烬里落满白鸽

"我不逃。"顾小北看着我,淡淡地吐出这三个字。这种场面令我有些难过。我吸了吸鼻子,"顾小北,不知道为什么,我总有种预感,觉得我会出什么事。带着为安就像带着一颗炸弹,我总觉得老天不会这么容易放过我们。"

"东歌,别怕。"他抱了抱我,转身走了。

26. 不再让你孤单

而我接到维多利亚老板打来的电话,说为安在那里喝醉了酒打架。我连忙打车过去,到了才发现,说打架简直是抬举为安,他分明是被打,嘴角破了,眼角青了,鼻血刚止住。林汐琼坐在一旁拿着冰袋帮为安敷脸。我在电话里已经知道了事件的来龙去脉,因为林汐琼只唱为安点的歌,引起了别人的不满,有人喝高了嘴里说点不三不四的话,为安公子脾气小姐身手,虽然是先动手的那个,也没占到上风。我俯下身检查为安的伤势,转脸恶狠狠地瞪林汐琼。她也不生气,还一脸牲畜无害的笑容。这次是在亮处,我看清了她的长相,小小的一张脸,精致到显得刻薄的五官。我的心咯噔一下,多么像徐砚美。我在这一瞬间明白了为安,他在徐砚美身上找到了爱情,又在林汐琼身上看到了她的影子。人都有趋利避害的本能，又总是无法控制地被会伤害自己的东西吸引。是新的恋情吗？会有好的结果吗？我不愿去想以后。

回来的路上，我问为安："你爱上她了吗？"

"东歌，我已经单身快半年了。整整半年，没有人爱我，没有人好好拥抱我，没有人觉得我重要，甚至快要没有人记得我。我像一只鼹鼠一样躲在地底下生活了半年，我真的受不了这样的日子了。"

"为安，你这样说不公平。那么我算什么？整整半年我没有离开你半步，你却说没有人爱你，没有人觉得你重要。"

为安转脸看我，冷冰冰地看着我，说："你的心不在我这儿，你还和别的男人有了孩子。你还学会了对我说谎。东歌，其实你很想离开我，对吗？你累了，怕了，厌倦了，你想走，对不对？"

"我没有！"我条件反射吼出这三个字。为安依然平静，他笑了笑，"那么再过一阵，我们就会知道答案了。"

那晚之后的为安变本加厉，夜夜流连在维多利亚，纵情声色。他又是曾经那个烟花般的美少年，人人爱他，人人愿为他献上玫瑰，人人想从他手中分一口美酒。很多个天快要亮的时候，我出门去把烂醉如泥的他领回家。在埋头进出租车的一刹那，我总忍不住望望天。那段生命中最黯淡的时光，夜色总是浓重如漩涡，会把人吞没。为安靠

第九章 灰烬里落满白鸽

着车座椅,眼睛痛苦地紧闭着。我想他如果看到这样令人绝望的夜色,他也是会难过的。

林汐琼在车窗外冲我们挥手。我摇下车窗,她半俯着身子拿那双冷冰冰的眼睛望着我。我问她:"你对他有真心吗?"

她暧昧地笑了笑,没有回答我。

我又问:"那么你要多少钱才可以保证不离开他,不伤害他?"

林汐琼直起了身子,嘲讽道:"你们真是一对可笑至极的人啊。陈为安可笑在于他以为自己是太阳,每个人都要围绕着他,爱他,宠他。你就更可笑了,不知道在他身边扮演什么角色,也一样地自以为是,觉得谁被他看上就该感恩戴德,恨不得要去祖坟烧香还愿。你说你们可笑不可笑?"

我恼羞成怒地摇上车窗,让师傅快走,可是仍然听得到她的奚落声:"回你们的世界去吧,那里他是太阳你当月亮,没人妨碍你们。"

我望着沉沉睡去的为安,我想林汐琼说的是对的,只有在我们的世界里,为安才是最好的,最安全的,不会受到任何伤害。可是他不愿意,他不要这样的一个小世界,他觉得太孤单,太窒息了,所以他要逃走。

出租车上的电台转到陈升的那首《不再让你孤单》,我听着那寂寥的声音:路遥远,我们一起走。我不再让你孤单，我的风霜你的天真。我不再让你孤单，一起走到地老天荒……我抱紧熟睡的为安，觉得特别无助。我知道这辆车会把我们送回我们的家，可是我不知道，我可以带为安去哪儿。哪里可以只有爱而没有伤害，只有快乐而没有丑恶。我这水晶般心爱的人，我把他放在哪里他才能一生无忧，令我无牵无挂呢？车在夜色中疾驶着，可我感觉我和为安陷入了一局被人遗弃的僵棋，寸步都难行。

27. 恋慕与忘却

"我不知道他什么时候变成了这样的一个人，一旦陷入爱情就完全没有了自己的力量，像菟丝草一样依附缠绕着别人，总想让那个人带他走，去一个没有人认识他们的地方。我不知道他在逃什么，可是世界其实离我们很近，他又可以逃去哪里呢？"

——东歌日记

有时候我也在想，我对为安的意义是什么。他总是说东歌，我们之间不会变的。我们之前和别人不一样，有很多说不清道不明的东西在里面。可是那些东西是什么，为

第九章 灰烬里落满白鸽

安从没有对我说清楚过。而我就像相信皇帝的新装一样执着地相信着。我总觉得那些我陪为安度过的四季昼夜，暮鼓晨钟都是有意义的。可是在这个时候我开始怀疑起来，也许那些我曾经坚信有意义的东西，它们其实像洁白的雪地、桃花扇、月光下的白墙，等着温热的鲜血溅上去。

这是一个平常的春日午后，为安躺在沙发里听音乐，渐渐睡着了。我把晒干的衣服折好，放进衣柜，合上门的时候发现衣柜原来的那个角落里放着的牛皮纸袋子不翼而飞。我望向为安的背影，一颗心不断往下沉。

但我还要装着不动声色。这天的为安是有些反常的，亲自下厨做了我爱吃的菜，我们就着一点酒，吃了一顿和和气气、温馨平静的晚餐。为安甚至还对我说："东歌，我还想对你说一句话，我们都是自由的，你不要去束缚别人，也不要被别人束缚。看着你自己的时间，看它怎么流走，有没有意义。"

我不动声色地笑，我说："为安，你放心吧。我知道了。"

收拾完碗筷，我和为安一起在客厅看新闻，新闻播完了，为安说去厨房给我热杯牛奶。我笑着说谢谢，坐在沙发上听着厨房里的动静，微波炉嗡嗡地响起，一分半钟，叮一声，我突然被吓得打了个寒战。为安端着热腾腾的牛奶走到我面前，动作体恤，眼神温柔。我在心里笑了，我想这有什么呢，就算此刻他递给我一杯毒酒我也会装不知道地喝下去，何况只是一杯掺了安眠药的热牛奶呢？

青春隔山海

我接过来咕嘟咕嘟几口喝下去,抹了抹嘴巴,没过多久故意打了个哈欠,"怎么觉得今天特别累呢,有点困。为安,我先去睡了啊,你也不要太晚。"

为安说:"东歌,晚安。"

我说:"为安,晚安。"末了,忍不住补上一句:"为安,自己好好的。"

他轻轻地嗯了一声,我转身回房间,房门一合上眼睛就像被刺破了一样,眼泪像血一样涌出来。我咬着自己的手臂不敢放声哭出声来,客厅里也安静了下来,电视被关掉,为安的脚步声远去,我昏昏欲睡,我记得顾医生说的,为安的药普通人吃了可以睡上三天都睡不醒。

但是我的意识中有一小部分是拼命醒着的,我感觉到他进来和我告别,新换上的大衣上有冰冷的气息。我听到他的说话,但是我听不清他在说什么。我甚至感觉到我拼命睁开了眼睛,泪眼望着他模糊的背影,一个很淡很淡的影子,很快被黑色的潮水吞没。

我应该睡了很久,做了很多颠倒混乱的梦。我记得我梦见了为安和林汐琼,他们在阳光下造房子,我走过去问他们要不要帮忙。为安说:"东歌,你也快回去造你的房子吧,暴风雨马上就要来了。"可是我不肯走,我执意站在那里要给他们帮忙。果然一会就变天了,狂风大作,为安的屋子只容得下两个人。他说:"东歌,早就让你回去建你自己的房子了。"说完,他就关上了大门。一道很亮

第九章 灰烬里落满白鸽

的闪电从天空中劈下来,我被吓醒了。

映入眼帘的是顾小北的脸,从模糊到清晰,他长吁了一口气:"可算是醒了,都睡一天一夜了。"

"你怎么来了?怎么进来的?"

他皱起了眉头,"你这什么语气啊,把我当小偷呢。"他摇了摇手里的钥匙,"是陈为安打电话给我让我来看看你,说他有事要出个远门,钥匙他放在门口的牛奶箱里了。"

我挣扎着坐起来,"我没事了,你回去吧。谢谢你过来。"

顾小北扶了我一把,"你们怎么回事啊?你吃了什么东西,怎么会昏睡这么久?"

"他又跟人走了。带着他所有的钱跟他爱的人走了。因为再见说不出口,所以他给我吃了他的安眠药。等我一觉醒来看到这样的景象我就只能接受。也许过一阵他会主动联系我,告诉我他过得如何如何。也会有一两个午夜梦回的时候,他会打我电话,说:'东歌,我很想你。'这是为安的老套路了,顾小北,连你都快要知道这些戏路了吧。可奇怪他怎么这样一出戏怎么都演不腻呢。"我没有想到我会用这么冷冰冰的语调说这些话,我的嘴角甚至浮起了一个冷漠的笑。

我真的有点心灰意冷了。懒懒地看顾小北一眼,"你想笑就笑吧,我也觉得自己很可笑。"

"东歌,你别这样。"呵,为安也常说这句话,当我咄咄逼人时他就这么无力地说一句东歌,你别这样。好像

171

青春隔山海

所有人都在叫我别这样,可是我应该怎么样呢?怎么做才是对的呢?当我再一次像垃圾一样被无情地丢弃掉,我该怎么做才是对的?

"好,我不这样,我该振作嘛,为安好不容易走了,我也该回到我自己的生活了。去上课吧,哦,不对,大四已经没有课了,还有毕业论文没写,我去图书馆写论文好了。顾小北,你写到哪里了?给我参考下。"

我没理顾小北,自顾自从床上爬起来,安眠药的药效还在,猛地起身的时候还有一瞬的天旋地转。我的拖鞋拽着地一步步走向门口,打开房门,厨房里透出耀眼的阳光,像一张网笼罩下来。我痴痴望着那些浸在发白的光线里的东西,有了错觉,恍惚以为我回到了高三的通宵教室。为安站在书桌前低下头看着我,发白的日光灯从他头顶流泻下来。那时的为安还是一个温暖而柔软无比的人,特别爱笑,总是说:"因为我想着要照耀你啊,所以要先把自己温暖起来。"在这样满室的白光里,我想起为安恍如隔世的笑容,再也撑不住,腿一软瘫倒在地上放声大哭。我心里害怕极了,我觉得我的身体被无数根针刺了很多很多小孔,所有好的、温暖的、快乐的东西全部一点点流出来。哭是我唯一的表达方式,我哭这难以取悦的命运,哭这吊诡的宿命。顾小北站在我身后,听着我哭,一动不动。最后他说:"东歌,我现在相信了,你对他也是一种爱,只要是爱就不应该这么悲惨地去哭它。爱的本质应该是美的、暖的,是因为太

第九章 灰烬里落满白鸽

明亮我们才会看不见出路。"

　　为安逃走的这几天，我没有去找他，我甚至没有在等他电话。我被一种无助的宿命感深深包裹住，我在想是不是就是这样了，恋慕与忘却，就是我们的一生。如果真的只是这样，那么为安他该逃离的不是我，而是他的宿命。可是他想错了，他不顾一切地逃离我，却是拼命地跑进了他的宿命里。

　　一个星期以后，我接到一个外地的陌生号码，为安的声音虚浮无力，说："东歌，我在宿迁的车站，你来接我回家。"

　　为安被困在一个我难以想象的破旧小旅馆里，三层楼的民居改造，走进去又暗又潮湿，蚊虫隐匿在暗处，时不时偷袭喝掉你一口血。老板娘就是那个刚才在火车站凶神恶煞抢客的中年男人的老婆，听到我描述的为安的样子，脸耷拉下来，"可是欠了很多天房租了，先付清了才能上去。" 30块一晚上，一共180，再加60块的泡面，一共240，为安困窘到240都拿不出来，他走的时候明明带了很多现金。林汐琼的脸浮上心头，我一阵恶心。

　　为安背对着门躺在床上，房间里空空如也，水泥地，石灰墙，锈蚀铁窗。灯光幽暗，为安躺在那张看不出颜色的床上，一动不动。那样的场景，如果放到电影里，是美的，过目难忘的，多么像当年阿根廷的那个旅馆。可是回到现实，这就太惨淡，令人难以目睹。我为为安悲哀，他可以是谁呢?他还在等什么呢?我走过去跪在地上,轻轻抱住为安。为安瑟缩了一下,紧绷的身体又完全放松了下来。

回来的长途车上,为安头顶着窗玻璃一句话也没有说,车窗外沿途的灯火明明灭灭,最暗处是无垠的田野,有烧荒的火撑起一片孤寂,我安静地看着他,我在心里和他说话:"为安,你有多久没有倾听过我了呢?你知道我心中的爱与怕吗?我害怕爱你,害怕你离开我,害怕失眠,害怕我比你先死。所以,你振作起来好吗?过得比我好,让我不得不放下你。"

似有感应般,为安转过脸对我说:"东歌,对不起。"

第十章　　老人与海

当夜幕降临,更多的鲨鱼包围了他的小船,他用木棍、用桨、甚至用舵和鲨鱼搏斗,直到他要保卫的东西失去了保卫的价值,直到这场搏斗已经变得毫无意义的时候他才住手。

28. 我们心中的怕与爱

回来后的为安成日成日地喝酒,他大概也明白了,那所谓电光石火,所谓热恋,所谓私奔,谋得不过是他的钱。钱一到手林汐琼就逃之夭夭,从此再没有在维多利亚出现过。

再一次陷入深海的为安在酒精的控制下,失去了人形,我坐在角落里看着他一个人时而号啕大哭,时而不发一语。当他发现家里没有一分钱可以让他去买酒时,他趴在地板

青春隔山海

上一步步向我爬过来。

我冷冷地看着他:"为安,没有了,什么都没有了。只有厨房里还有一罐煤气,如果你真的不想活了,那我们就一起走吧。"

为安紧紧地拽着我的手,那种感觉就好像如果我值钱的话,他会把我拆散了拿去换钱。为安又哭又闹,求着我帮他买酒。这样的为安,全没有一点生而为人的尊严,如烂泥一般跪在地上,声泪俱下地求我。抓我的力气之大,恨不得把我的手臂拽下来。到最后,他把家里所有能砸的东西都砸了,指着我的鼻子骂不堪入耳的话。我从震惊到愤怒到冷漠。我漠然地站在原地任由他撕扯,满地狼藉。这再也不是我们相依为命的温暖的家,变成了一片可怕的荒漠,寸草不生,什么都死绝了,没有半点希望和温度。我俯视蜷缩在地板上的为安,万念俱灰。我说:"为安,我帮不了你了,我只能把你还给你的母亲。"

我说完就冲到了门口,这个令人窒息令人绝望的家。为安依然蜷缩在原地,一动不动,像死了一样。我不忍再看,砰一声合上了铁门。金属碰撞笨重的声音,好像硬物砸到了尸体般那么钝重的痛感。

我像疯了一样狂奔在入夜后的大街上,我只能不停地跑,否则那些可怕的念头就快要撑破我的身体。我不愿意恨他,我要永远爱他。我不愿见他堕落,我要护他周全。直到我筋疲力尽,瘫倒在路面上,心中那些交锋惨烈的念

第十章 老人与海

头才渐渐平息了下来。如一把被淬火了的铁剑,可怕得滋滋作响。已经冷却了,依然疼得不能触摸。

我掏出手机,犹豫了会儿还是给美云打了电话。隔了好一会儿才接起,又有睡衣的窸窣声,应该是已经睡下了。"妈,对不起,吵醒你了。"

美云说:"等一等,我到阳台上和你说。"我屏着呼吸,直到美云喂了一声,我才开口:"妈,我最近出了点事,你能往我卡上打点钱吗?"

"要多少?"

"你看着给吧,我以后还你。"

美云又说了一声好。我们都沉默了下来,已经很久没有和美云通过电话,我不知道该如何去打破这种生疏。于是只好平淡地问了一句:"最近你都好吗?"

"东歌,本来这几天我就想给你打个电话。"美云顿了顿,继续说:"东歌,我要结婚了,和你陆叔叔,就是上次你回来见到的那个男人。"

这个消息来得有些措手不及,但也在情理之中。我发自内心地恭喜美云,甚至有些羡慕她。总有人爱她,许她美好的承诺,安定的生活。我说:"妈,那太好了。我也祝福你。"

"还有这个舞厅,你陆叔叔的意思是让我跟他去上海。所以我想是不是把它转手了。但我也想听听你的意见,毕竟这里有你和为安很多回忆。东歌,你赞成妈妈卖掉它吗?"

青春隔山海

听美云说着话,我忽然红了眼眶,强忍着眼泪说:"妈,你再让我想想好吗?我从小在花好月圆里长大,那里和我的家一样。"

大概听出我声音的异样,美云连声问:"东歌,你怎么了?"

"没事,妈,我还有些事,先挂了。"一挂上电话,我再也忍不住眼泪。我觉得我人生里所有重要的东西都在一一倒塌。为安变坏了,美云要离开永安,舞厅很快会变成别人的。我再也没有地方可以回去,变成了一个无家可归的孤儿。

我望着那深不可测的夜空,消干眼泪就爬起来一步步走回家。屋子静如死灰,我用钥匙打开门,依然满地碎片,只是为安不见了踪影。我蹲在地上,紧咬嘴唇一样样慢慢地收拾起来。窗户透出一点微明的天光时,屋子终于收拾干净了,只是非常空旷,像一只被野狼叼走全部内脏的羚羊。我累极了,也不敢去睡,抱着膝盖坐在门边等为安回来。

一直到中午为安才出现,身上焕然一新,甚至有昂贵香水味空虚地包围。为安自上而下俯视我,眼神是我从未见过的冷漠。缓慢地,他从衣服口袋里拿出厚厚的一叠钱,对我兜头撒了下来。

我在这香味昂贵的粉红色纸片雨中笑出声来,越来越大声,笑得丧心病狂。黏在一起的嘴角终于因为拉扯过大而流出血来。我尝着自己鲜血的味道,心中只有一个念头,

第十章 老人与海

为什么我们还要活着,还要这样互相折磨!

我腾地站起来,死死盯着为安。终于吐出了那句压抑已久的话,"陈为安,我从没有比现在这一刻更希望你已经死了!"一字一句,咬牙切齿,像雪亮的钢针一针针刺进我们彼此的心。

为安似乎笑了笑,他微微倾了倾上身,凑近我说:"那你就走啊,东歌,没有人留你,求你了。我也不需要你了。你不是从前那个东歌。"

我就在这样一个烈日高照的中午与为安分道扬镳,拖着我的两袋行李从家里出来,毒辣的盛夏阳光黏着热浪与尘土,令每一秒的呼吸都变得滞重无比。我大步走着,恨不得一步迈出几米,我没有回头看,是不敢。我不确定这一次为安是否会像以前一样躲在窗帘后望着我走远。以前的为安对我来说就像是一条走了无数遍的道路,我闭上眼凭直觉都能轻易走到。然而现在呢?为安陌生得可怕,冷漠得可怕,我甚至有一种很不好的预感,觉得我身后的这条路马上就要消失了,而我,穷尽我的余生,都再也回不到为安的身边。

宿舍里空无一人,两张床铺堆满了杂物,只有姜姚的那张床,空无一物。距离她被开除也差不多有一个月了,校宣传栏里那张开除声明也早被更加丑恶的事情代替。姜姚离开后,我再也没有见过她,也从没有想起她。只是今天,对着她空落落的床铺,想起她在医院的长椅上对我说的,

青春隔山海

这个世界不值得来,这个世界很苦,一点点的快乐要用很多痛苦来交换。我突然觉得,姜姚说的都是对的。

我翻出柜子里的床褥,厚实的窗帘挡住了所有阳光。我在这昏蒙的光线里,嗅着沉闷的霉味,感受灰尘一点点轻轻地落下来,像覆盖每一样静物般掩埋着我。我的头越来越沉,就这么意识清楚地坠入了梦乡。我多么想长睡不醒,只有梦中,无忧无惧,没有爱也就没有希望与痛苦,没有为安。睡眠是我可以摆脱为安的唯一方式。

我是被一些细微的声音吵醒的,楼下大铁门开锁的声音,楼道里的走动声,刷牙洗漱的声音,厕所的冲水声,女孩儿窃窃私语的声音。然后空气中就开始漂浮起各种气味。我在那一瞬嗅觉变得格外敏锐,我闻到了牙膏的柠檬味,洗面奶的木瓜味,乳液的草莓味,还有早餐的香味,是豆浆和小笼包。

这是最最平凡的女生宿舍清晨的场景,我却像隔了几生几世没有见到,觉得它这般的亲近与温暖。我贪婪地又吸了几大口,突然有了想重新振作起来的念头。

我下楼混在上早自修的女生中去面馆吃早点,我胃口丰盛,点了小笼包,鸡汤面,还有一个香味十足的煎饼果子。我在别人注视的眼光中心安理得地吃着东西。我觉得饿,很饿很饿,好像身体里很多东西都被掏空了的感觉。

我吃得津津有味,突然闻到一股很浓的酒味。听到有人跌跌撞撞地走进来,腿撞上椅子,椅子撞上桌子,好大

第十章 老人与海

的声响，众人纷纷侧目。我回头，是故人，顾小北扛着几乎不省人事的齐哥磕磕绊绊地在角落坐下。我突然想起当初的我，那个冷得咋舌的冬天，黑得伸手不见五指的冬夜，我们喝完酒回家，顾小北是不是也是这样像收破烂一样把我拖回去，扛上六楼？那一阵，他真是瘦了好多，我却狂长膘，胖得简直没有人样。

那个冬天距现在也不过隔了两季，却有一种隔了万重山万重水的错觉，好多事情想起来都是模糊的。记忆还要依托味觉来想起，如果不是刚才空气中突如其来的被夜色发酵过的隔夜酒味，我也不会想起那个片段。我不知滋味地笑了笑，不知道该不该上前打这个冒昧的招呼。

齐哥在油腻腻的桌子上趴了一会，突然整个人抽搐了一下，脸埋进桌底，发出一种令人羞耻的怪异的声音，空气中立刻弥漫酒菜馊掉的恶心气味，骂声四起。老板骂骂咧咧地走出来，拽着齐哥的衣领要把他赶出去。齐哥一点挣扎都没有，被他一拽重重地摔在地上，额头在肮脏地砖上撞出沉闷的一声响。我在一旁呆看着，又心疼又难受。

老板大概也没想到齐哥会这么一碰就倒，表情也没有一开始那么强势。我看向顾小北，他铁青着脸，也不去扶齐哥，而是掏出钱包里的一叠钱，重重地甩在老板脸上。

"这个破地儿老子今天包了，都给我滚出去。就让我兄弟在这儿吐，吐舒服了为止。我让保洁公司来给你打扫卫生，你现在还有话说吗？你再横试试！"

青春隔山海

我从没见过这样的顾小北,印象中有这种表情,这样说话的人应该是霈羽。看热闹的人很快散去,我走过去扶齐哥,说:"送医院吧,喝成这样八成酒精中毒了。"

顾小北看到我,恍了恍神,愣了一会儿才喊我的名字,"东歌……"

我故作轻松,甚至笑了笑,说:"顾小北,好久不见。"

29. 爱你的虎口

我们两个人一左一右架着齐哥去了学校旁边的社区医院,打了点滴的齐哥大概舒服了很多,沉沉地睡着。我和顾小北隔着点滴静静坐着,病房里的安静令人觉得有些难堪。

是我先打破的沉默,"齐哥怎么了,从没见过他喝成这样。"

"你不知道,这一阵大家都发生了些事。卢珊跟了别人,就是唐朝对面新开的那家咖啡店的老板。劈腿被我们抓到了现行,齐哥什么话都没说就让她走了。唐朝也开不下去了,齐哥这个月底就走了。"

我有些吃惊,但又觉得日光之下无新事,都是各自命

第十章 老人与海

里注定的东西。还是问了一句:"那齐哥以后怎么办?"

"回原来的酒吧当酒保,继续过他黑白颠倒,喝酒喝到死的生活。"

"绕了一圈都回去了。全部回去了。顾小北,你说是不是。"

他点点头,看向我,"你怎么会在那里?"

"我搬回宿舍了。"

我没有再说下去,顾小北也没有再问下去。又沉默了一小会儿,他看了看表,站起来说:"我答应了童薇妮陪她上第一节课,我该走了。你有事也走吧,我下了课再过来。"

"我没事,我再陪齐哥坐一会儿。你赶紧走吧。"

顾小北点头,在水池旁洗了把冷水脸,转身走的时候,他又回头,对我说:"东歌,你好好照顾自己好吗?每次见到你越来越瘦,我的心里很不是滋味。我想我们这些人中,至少得有一个人过得好,什么都有。"

我对他笑了笑,我说:"放心吧,都会好起来的。"

顾小北这才似乎放心地走了,我看着他的背影,心里的感受难以形容,又酸又涩,真的体会到了那种物是人非的寥落感。而命运就像是一个可怕的圆圈,最后都只剩下自己一个人。

顾小北的短信进来。"我过一阵可能会和童薇妮一起回北京,也可能会一起出国。没有别的意思,就是和你说一声。"

青春隔山海

短短几句话，我看了几分钟，回复他："好，走之前联系我，给你们践行。"

顾小北很快回复："好的。"

我收起手机，静静望着皱着眉沉睡的齐哥。他又老又疲惫，惨重的黑眼圈，眼角的皱纹，黯淡的皮肤。这个被军队教育了小半生的男人，他也想不明白吧，他有强健的体魄和还算正直的心，在战争年代甚至可以流血千里，为什么在和平世界里却寸步难行，连一份平凡的爱情都无法守护。他已近中年，却痛失他的爱人，又即将失去他的事业。我们都目睹了他的奋斗与挣扎，可是那又怎么样呢？我们谁也帮不了他，我们甚至帮不了自己，在各自的命运里束手就擒。

我想起从前他陪着卢珊的时候，卢珊想要什么他都一定去满足，"男人爱一个女人，不就是想为她扛把枪出门打猎。"他的手揽着卢珊的肩膀，在明朗冬日里咧嘴笑的样子，那么少年意气。

我更加难过了，趴在齐哥的手边，脸枕着他的手。我对他说话，又像对着自己自言自语。我说："齐哥，我很想念去年冬天我们大家在一起的日子，我好想回去。齐哥，你呢？你想回去吗？"

齐哥当然没有回答我。

这之后的几天，我过得异常平静，在只有我一个人的宿舍里，白天看港剧打发时间，晚上用来写毕业论文，饿

第十章 老人与海

了就爬墙出去吃夜宵。我开始严重失眠,几乎没有睡过一个完整的夜晚。我知道,一定是我的身体机能哪里出现了问题,又或者是我心里放不过自己。

连续的失眠令我精神萎靡,神志恍惚。渐渐我连坐都无法坐住,只能歪倒在床上。我开始回忆起很多事情,关于为安的,关于顾小北的,关于那个有很多人的热热闹闹的冬季。我还想起我那个未成形的孩子,还有姜姚。可是奇怪,我想起那个孩子时,心里也不痛也不内疚,可是我想起姜姚时,却觉得特别难受。我想知道她在哪里,过得好不好。有没有找到什么力量让她振作起来,重新热爱这荒凉又孤单的人生。可是她就像人间蒸发了一样,我几乎要怀疑,她是不是已经死了。

这期间,我见过为安一次。在快要熄灯关门的宿舍楼下,我拎着一碗麻辣烫走回去,见到路灯下的他。精神尚好,夜店打扮,浑身香气扑鼻,浮华得不得了。是他先开的口,"夜宵吃这个?"

我点点头:"晚上还出去玩?"

他说:"对,都约好了。"

我说:"那玩得愉快。"

我一直低着头不敢看他,宿舍阿姨在铁门里催我进去,于是我快步走了,自始至终没有抬头看为安的脸。如果我那个时候抬头看他,我会发现他的脸泛着骇人的青色,十分消瘦,两颊的颧骨高高耸起,那是张令人心疼又失望透顶的脸。

　　我没有看他。我只听到他对我说:"东歌,我就是来看看你。东歌,我先走了。"

　　第二天接到顾小北的电话,说快要走了,请大家吃个饭。我强打起精神去了约定的饭店,一张大圆桌却只见寥寥的两个人。没有齐哥,也没有霈羽,童薇妮没来倒是我意料之中的。陈珂向我解释道:"齐哥在忙着清铺子,晚一会儿就到。至于霈羽……"他看了眼顾小北,没有再说下去。

　　顾小北接下他的话:"他躲在我房间里吸粉,被我发现了,告诉了他老爸,这会儿被关在家里,窗户、门都钉得死死的,一只苍蝇都飞不进去。"

　　我听了,好一阵才缓过来,望着这空空的桌子,寂寥地笑了笑。

　　顾小北努力活跃着气氛,点了一大桌子菜,又开了瓶82年的红酒,咋咋呼呼地要我们喝酒。我喝了几口,更加心神恍惚,说不出一句话来。整张桌子太过冷清,演独角戏的顾小北终于也败下阵来,掏出手机一个个电话打过去,顷刻间就来了一大帮喊不出名字只混了个脸熟的男男女女。他们填补了空虚,声势浩大,雪花啤酒一箱箱进来,泡沫满地,我松了一大口气,热闹真好。

　　顾小北被灌了不少,好不容易脱开身,端着半杯看不出本来颜色的混合酒在我旁边坐下,像喝傻了一样,就看着我笑。我被他逗乐了,笑着问他:"舌头被猫叼走啦,

第十章 老人与海

只会笑不会说话了?"

"东歌,以后自己好好的。想我了就来北京看我,冬天来最好,我们在老胡同的四合院里吃火锅看大雪喝老白干。"

我说:"好的,北京又不远,我一定会来的。"

我们碰了个杯,喝完最后一口酒,然后就呆坐着,跟比赛谁更傻一样,看着彼此傻傻地笑。我们实在找不出更好的话来告别彼此,只能这样傻笑。

饭局散后那群人又吵嚷着"一个都不能少,KTV续摊!"我在乌烟瘴气的包厢里待了一会儿,偷偷跑了出来,坐在门口的石阶上吹着夜风透气。难得这样干净的夜空,身旁是一扇玻璃旋转门,身后流光溢彩。我酒劲儿渐渐上来,支着下巴痴痴望着那扇旋转门。在我们的老家,在美云的花好月圆里也有这样一扇门,少年的我和为安时常在那里游戏。有时玩捉迷藏,玻璃门缓缓转过来时,人已经不见踪影。现在突然想明白,我和为安,跟着一扇回环往复的门都能够走失,那么人生何其曲折何其远,我们遗失、遗忘彼此,那也是一种必然。

我这么痴痴想着,眼前突然人影幢幢,走出来红男绿女,为安扎在其中,格外刺眼。他落在后面一些,纠缠着林汐琼,亦步亦趋,如扯线木偶,神色哀哀。我心有震动,我没想到他竟然是真的爱。

然而我只听到那人口口声声,"陈为安,你别跟着我们了。你还有钱吗？你以为带着一张刷爆的信用卡就能唬我们了？陈公子，搞到钱再来找大爷们快活。"

林汐琼凑近为安，故作温存地拍他的脸，"亲爱的，去弄钱来，听话啊。"说完，推了为安一把，转手搂上身边的男人，言语污秽："你还以为陈大公子怎样怎样，现在看到了吧，他就这个贱样，就喜欢倒贴，正宗的赔钱货！"

那几人丢下跌坐在地上的为安，招摇而去，几米开外就是停车场，我看着他们摇摇晃晃地走向一辆车。不知从哪里突然来了力量，我腾地站起来，旁边是在翻新旧宅的施工现场，我抓了一块红砖，镇定而快速地朝林汐琼走去。

其实那几分钟发生的事情我记得特别特别清楚，我的头脑从来没有这么清晰过。我记得我走过去，林汐琼坐在驾驶座位上，我一共砸了三次窗玻璃，第一次玻璃只是裂缝了，蜘蛛网般黏结在一起，模糊了他们惊恐的脸。第二下是最用力的一下，玻璃碎了个窟窿，小碎片纷纷落下。我看到她捂着眼睛，我的手能够伸进去。玻璃扎在我手臂上，鲜血涌出来我也不觉得疼，抓住了她的衣领，右手砸了第三下，闷闷的一声响，让我的心是那么那么安慰，好像冬天极冷的深夜，有人给我盖上了一条温暖无比的被子，安抚了我所有的恐惧。我记得皮开肉绽剧烈的疼，记得鲜血流经处的温热，甚至记得那旧砖上青苔的滑腻感。有人从身后扯我的头发，头皮尖锐的痛感；有脚重重踹上我的小腹，膝盖跪地时骨头与水泥的碰撞声。我想这一生，我再也不

第十章 老人与海

会这么痛了,痛到极致以后是否能对日后所有的痛感都麻木而无动于衷。我隔着纷落的拳头与巴掌,望了为安最后一眼。他跪在地上痴痴地望着我,纹丝不动,像一座破旧的雕塑。

身后人声纷杂,警车声、救护车声铺天盖地般压下来。我再也支撑不住,我知道我的人生完了,结束了,在这样剧烈的痛感中,失去了所有知觉。

30. 我的爱情是这些妖猴

我最终没有被起诉,拘留了十几日被释放。出去那天风和日丽,阳光如沉在杯底的金黄色的蜂蜜,沉甸甸的。走出铁门的时候,在这样黏腻明亮的阳光里站着,我有些喘不过气来。扶着水泥墙站了会儿,胸口因为被踹过几脚,总觉得心口疼。于是连呼吸也变得小心翼翼了。

狱中一日,如虚度了世上百日。我觉得自己像发了一大场梦。

远远有两个人影向我走来,远处的阳光金的发白。他们就在这一片白光中走来,是顾小北和霰羽。我觉得失望,不过也没有抱希望为安会来。

顾小北握起我的手,把我往他怀里轻轻拢去,温柔地说:

青春隔山海

"瘦了不少,吃了很多苦吧。"

我说:"放开我,身上都是晦气,你会也跟着倒霉的。"

"我不信这个。"

我轻轻推开了他。霂羽也上来拥抱我,大手在我背上拍了几下。"出来就好,出来就好,又是一条好汉,不,又是一个大美人!"我眼泪差点就流下来,连声说:"谢谢你们。"这个谢我得郑重地说。他们一定费了好大的气力,才把我平安无事地保出来,"我又欠你们一笔。"

"丫头,这个见外了啊。这才到哪儿啊。以前你霂羽哥进出局子那是多大的阵仗,就你这点情况,简直就是毛毛雨。走,上车。"说着,他右手勾着我的肩膀,左手揽着顾小北,意气风发地往停车场走。如果我没有记错,那是我最后一次见到霂羽意气风发的样子。

刚在车后座坐下,顾小北就巴巴地捧着碗猪脚米线递给我,"吃了去去晦气,离开这个破地方咱们就再也不回来了。"

"刚才你还说不迷信的。"

他笑:"走个过场,这个仪式还是要有的。"

我于是顺从地接过,米线还是烫的,香菜被仔细地挑出来大半,顾小北递过来一次性筷子,他们两人就侧着身子,笑着看着我吃。好像我是一个贪玩晚回家的孩子,没有挨骂,反而还吃到了热腾腾的饭菜。我再也控制不住自己,眼泪大颗大颗地掉进去。我颤抖着说:"我从没有想过我会变

第十章 老人与海

成这样。真的，我从没有想过。我害怕这样的自己……"

"东歌……"

我用手背胡乱地抹眼泪，大口大口地往嘴里塞猪脚米线。好像吃完这一碗，我就能把过去一笔勾销，就能假装它们全都在我的身后，对我的生活再也不会有任何影响。只是可能吗？我的脑海里依然闪回着那晚混乱的画面，哀嚎声、怒骂声、狰狞的面孔，流血的眼睛，黑压压的拳头和巴掌，还有人群外冷漠如破旧雕塑的为安。第一次，我对他产生了深深恨意。这些都像烙在我的记忆里一样，注定一辈子跟着我。成为我的梦魇，终身无法摆脱。

所有的所有，哽在我喉头。我狼狈地跑下车，跪在路边搜肠刮肚地吐出来，那干呕的声音令我羞耻无比。眼泪完全遮蔽了我的眼睛，可是我依然能清晰地看到自己如一滩烂泥任人践踏。到底发生了什么，令我们变成这样可怕可悲的人！我真的好想问问老天。

顾小北叹了口气，在我身边蹲下，一只手抓住我的脖颈，也不嫌脏，用衣袖擦着我满脸的眼泪。他说："东歌，天还没塌下来。天没塌事情就有转机，就有重来的机会。

东歌，你喘口气……

东歌，你看着我，不要再哭了……

东歌，你站起来。我提着你的骨头你给我站起来……

东歌，不准哭！"

他们不放心我一个人回宿舍，霖羽在家里打扫了一间房间给我住,顾小北每天会抽空过来看我一次。后来他们也跟我说过,我能平安无事地出来,最应该感谢的还是为安,是他到医院里,在病房冰冷的地板上跪了大半夜才让林汐琼撤销对我的起诉。顾小北慢吞吞地抽完手里的烟,说:"东歌,我觉得你应该去看看他,这十几天他也过得不好。你出狱那天我们去接他,他整个人特别恍惚,好像是梦游的人,谁都叫不醒他。"

顾小北坐在梳妆台上,有一些高,我仰起头看他。我突然有一种感觉,就是经历了这么多事情以后,他变成了一个沉着的大人,好像是我们的家长。我和为安像稚儿在这个大世界里任情纵性,不计后果,只有他在旁边看,也不取笑我们,而是充满了悲悯。我说:"顾小北,你觉得我们可怜吗?"

他专注而柔和地看着我,说:"东歌,这么多天来。在你身上,我学会了一样东西,并且深信不疑,那就是要信命。如果这都是命的话,那就没有对错,也不用害怕或者焦虑。因为我们想要得到的,再也没有时间和机会去得到了,而我们该失去的,早已消失得无影无踪。所以,东歌,我们还怕什么呢。结局总有一天会来的。"

说完他低头看刚才发来的短信,踌躇了一下,跳下桌子,说:"我得走了,童薇妮说我再不回去就是手术刀伺候。东歌,以后我可能不能每天来看你了。"

我笑:"走吧。咱们散伙饭都吃了,没有什么遗憾了。"

第十章 老人与海

"还差一张毕业合影。"

"有机会一定补。"

他笑了笑，往外面走去，房门拉开又合上，像在水中撕了一条口子。我突然想到了我做过的一个关于孙悟空的梦。说孙悟空是为了救他的猴子猴孙才跟着唐僧去西天取经的，可是当他历经七七四十九难以后拿了解药回花果山的时候，发现他的猴子们都变成了妖精。孙悟空不忍心杀它们，于是他用法术把它们永远关在了水帘洞里。孙悟空穿过瀑布走出洞的时候没有回头看。如果他回头了，就会看见他的妖猴们都流了最后一滴有情感的眼泪。

我的爱情就是这些妖猴。

从看守所出来后的十几天，我都没有去见为安。我对他的恨意消失了，虽然那晚雕像般冷漠的脸至今让我心有余悸，但我从来没有真正恨过他。我只是不知道该如何面对他，我们之间的感情就像被摔太多次又粘贴起来的破陶偶，因为太令人伤心，而不敢再去目睹它。可我没有要抛弃为安，我有直觉有一天他一定会出事，那一天真的来的话，我会陪着他。

这之前的太平年月，都是我的缓刑。

但是，在为安出事以前，先出事的是霜羽。是霜羽和失踪已久的姜姚。她其实并没有失踪，就在这个城市的某一个娱乐场所的纸醉金迷里艰难求生，只是我们谁都没有去找过她，我们只是轻飘飘地用失踪两个字就把她打发了。

青春隔山海

我也没有见到她最后一面,是霜羽后来通过顾小北转述给我听那晚的景象。他回忆的时候说觉得像电影里的慢镜头回放,可是事实上,伴随着尖锐的刹车声,这都是电光石火间的事,姜姚是死在霜羽那辆改装过的奔驰车的车轮下。然而讽刺的是,那天是她最后一晚坐台,她提着行李,假包LV里装着三万块的现金准备回老家给她奶奶盖一间新房子,然后找个差不多的人嫁了。这些都是我后来在收到她写给我的告别信里知道的。她还惦记着顾小北,要我替她转告她的祝福。她说:"东歌,茫茫人生好像荒野,我从不敢去问谁的归期。散了就是一辈子散了。"

磕了药又喝了酒的霜羽在弯道处一点没有减速,把她撞飞了几米远,包里的人民币散开来,好像一场纷纷扬扬的粉红色的钱雨。突然就多出了一些路人,没有人报警,他们埋头捡钱,又在十几秒钟以后作鸟兽散。霜羽突然就清醒过来了,他其实没有看见那个被他撞飞的女人的相貌,可他有种感觉,特别特别强烈,觉得那个躺在地上的女人就是姜姚,那个他用800块买来初夜的姜姚,那个后来他又在包厢里上过几次的姜姚,那个做小姐问他要钱的姜姚,那个说起顾小北满眼柔情的姜姚。

他像突然被敲醒了一样,发动车子往反方向逃跑了。

警察说如果没有错过最佳抢救时间,她可能不会死。

霜羽一路开上高速,往山西的煤灰冷雨里开去。他知道自己逃不了,也知道自己好不了。他就想在最后的一点

第十章 老人与海

时间里回山东去,回到赵风敏的怀抱里,再看她一眼,再和她说说话。

山东的赵风敏此刻在粉色的产房里,刚刚生下一个6斤7两的男孩。她在丈夫和家人的簇拥下,有几秒的分神,她想起霖羽,想起他最好的样子和他们最好的时光。有些遗憾和怅惘,但更多的是此时当下的幸福。她全然不知,在几千公里的地方,她曾经的恋人正在亡命天涯,想见她最后一面。

可惜霖羽还没开出武汉边境,呼啸的警车在身后如狼般追着他,扬声器的声音天罗地网般罩下来。突然之间他觉得这一切的一切都是徒劳啊,那又有什么好逃的呢,他松开了紧握方向盘颤抖的手,车子轰然撞向高速公路的护栏。没有死,老天爷有他的仁慈,不想在一晚索两条人命。

霖羽锒铛入狱。吸毒酒驾,再加上肇事逃逸,原告家属不同意庭外和解,审判陷入僵局。

我们终于见到霖羽心心念念的初恋女友赵风敏,她不顾虚弱的身体,也丢下了她刚出生的孩子,一个人开着她的兰博基尼连夜一路闯红灯过来,车后座几大袋现金,用黑色大垃圾袋装着。下了车见到霖羽的爸爸妈妈,生硬地喊了声"叔叔""阿姨",给她倒的茶也没有喝,就要带着钱去赎人。霖羽妈妈冲着她的背影喊:"阿敏,这次没用了。能找的人我们都找过了。阿羽这次真的闯大祸了。"

赵风敏置若罔闻地疾步往前走,突然一个转身,有些

青春隔山海

歇斯底里的样子,"没用那是因为钱没砸够!每个人心里都会有个度的,你没到他那个度他就不给你办事。我现在就去找人,我就不信还有钱换不回的命!"

她说完,倔强地抿着唇,眼睛在我们身上一个个地转过去。我知道她很想有人告诉她这次还有转机,霜羽的命能用钱换回来。可是我们都无能为力地站着,凄楚地望着她。她在原地愣了好久,突然哭了出来,眼泪在她虚浮水肿的脸颊上滑下来,那一幕令人心酸不已。

第十一章 项脊轩志

庭有枇杷树,吾妻死之年所手植也,今已亭亭如盖矣。

31. 兔死狐悲

我陪赵风敏去找姜姚的奶奶,我是在姜姚死后才知道她在这个世界上的亲人只剩下一个半瞎的奶奶,出事后她的姑姑陪她住在学校旁的招待所里。

姜姚的奶奶老得又干又瘦,小小的身体陷在那张低矮的床里,显得更加渺小无力。我不知道是什么支撑着这样一位风烛残年的老人坐七八个小时的硬座来到这里,在法庭上声泪俱下地请求法官把那个杀人犯判死刑。

我们进去不到十分钟就被赶了出来,老人一口唾沫啐在赵风敏脸上,"我不要你们的臭钱!我要我孙女的命!你把她还给我!还给我!"

青春隔山海

赵风敏无动于衷地用手背抹掉口水,非常镇定地开口:"老人家,我真心诚意为我男人犯的错跟您道歉,如果您愿意,下半辈子我们可以承担赡养的责任。如果您同意庭外和解,那么我楼下停的车里两大袋子钱都是你们的,下半生您什么都不用操心。"她顿了顿,语气更冷,"但如果您还是那么认死理的话,那么我赵风敏敢在这边拍桌子,你在连云港的家不要想有安稳日子。你活了这么多岁,世上的道理你懂得比我多,有钱人要让穷人生不如死,有的是办法。我在门口等你们,改变主意了就出来找我。"

走出房间前,我突然下定了决心,转过身看着老人和姑姑说:"奶奶,我说这些不是要伤您的心,您不知道,这之前的整整一年,姜姚都在做小姐,她寄回老家的钱都是她的卖身钱。她过得不好,过得很惨,如果她在地下知道她的命能换来那么多钱,让您一辈子都能享福,我想她是愿意的。"我在说出这一切的时候,心里的罪恶又加深了一层,没有人对姜姚好过,她在我最无助的时候帮我过,我却这样对她捅刀,拿她的命去换钱。

我陪着赵风敏站在又湿又闷的过道里,时间一分一秒过去,她的脸色越来越惨白,我不放心她,说:"不如你先回去休息一会儿吧,我在这边等,有消息了再通知你。"

她偏过头看着我说:"你叫东歌对吧。谢谢你带我来,我和阿羽都会记得你。以后只要有需要我们的地方,只要一个电话我们就会来。不,也许他来不了,但我一定会来。"

第十一章 项脊轩志

　　我想她这个时候可能需要一个拥抱,于是我走近了几步,轻轻地拥抱她。她紧紧地回抱了我一会儿松开,身体虚虚地靠着看不出底色的墙壁,双眼无神地望着天花板。

　　姜姚的姑姑出来过两次,一次是打开水,一次是煮泡面,天快黑的时候,她终于第三次出来,冲我们说:"进来吧。"

　　最后我们要走的时候,老人一直在哭,"我要这么多钱干什么……我要这么多钱干什么……"

　　赵风敏说:"要我帮你们把钱存银行去吗?"

　　姑姑警惕地看着我们:"不用了,我男人就快到了。你们走吧,我们不起诉了。"

　　之后,赵风敏和霏羽的爸妈又去疏通了很多关系,最后,霏羽终于不用在牢里待一辈子,被判了六年。

　　坚持在法庭听完审判,支撑赵风敏的神奇力量终于消失了,她想走近几步再握握霏羽的手,可是她惨白地昏倒在距霏羽不到十米的路上。那么多的公里她都赶来了,却走不完这十米。铐着手铐的霏羽被带走了,扭头痴痴地看着地上的初恋情人,流下浑浊懦弱的眼泪。

　　虚弱的赵风敏最后被她老公带回山西,点的营养液都是在车上输的。我想这漫长的七天对这个男人来说是最大也是最后的宽容了。他来把她带回家,带她回孩子的身边。

　　赵风敏走后,姜姚的奶奶和姑姑也带着姜姚的骨灰回老家了,我和顾小北去火车站送她们,那个个子很矮,皮肤黝黑的男人大概是她的姑父,拖着一个大行李箱,黄豆

青春隔山海

般的小眼睛总是转来转去，警惕地看着周围，手永远搭在箱子上。我想那箱子装的，应该就是姜姚拿命换来的钱。我看着，心被压得喘不过气来。

顾小北揽着我的肩膀，"东歌，我们走吧。"

我看着他，"顾小北，我总觉得是我们害死了她，是我们把她变成了这样。"

他轻轻拍我的背安抚我，"这都是命，命里有的怎么都逃不掉。东歌，事情已经过去了。我们应该回去了。"

姜姚死后我才收到她的信，她说："东歌，茫茫人生好像荒野，我从不敢去问谁的归期。散了就是一辈子散了。"她说："东歌，你要好好的。"

这一连串的变故令我陷入深深的空虚感，我不知道如何去对抗它，我选择了沉睡，每天的大部分时间我都在睡觉，安眠药令我的梦境温柔而深沉，很安全。在这间狭小陈旧的宿舍里，天花板上的风扇慢悠悠地转着，亮得发白的阳光照在床铺上，这才有一些暖意。已经进入夏天了，可我时常觉得冷。

我没有想到顾小北会来看我，躲过舍监势力的眼睛进入女生宿舍。我披了一件外衣起身给他开门，我说："顾小北，你怎么来了？"

他像很多天没有见到我一般，把我仔仔细细打量了一遍，这才松了口气，"东歌，我怕你出事。"

"我还能出什么事？你还不了解我，这些事情经历过

第十一章 项脊轩志

来,出再大的事我都能挺过去,我不再是会随随便便去死的人。"我脸色苍白地望着他,"小北,我只是感觉到空虚,整个人漂浮在半空中,没有人把我拉到地面,这种感觉很可怕,你能理解我吗?"

他把我拥进怀抱,下巴抵在我的额头上,轻声安抚:"东歌,会好的,一切都会好起来的。你也可以离开这里,去一个别的地方,重新开始生活。过去的一切都可以忘记,忘记了就不会影响你以后的生活。"

"有用吗?"

"有用,东歌。我就是这么做的。慢慢地忘记过去发生的一切,不记得的事情就像没有发生一样。"

不知道为什么,顾小北的话令我更难过,我觉得我快要被他抛弃在灰扑扑的过去中,像他抛弃死去的姜姚,抛弃在监狱中的霜羽一样抛弃我。

我从他怀里出来,仰着头凄楚地看着他,是啊,他得救了,他身边有童薇妮,他可以去北京,可以陪她出国,他真的能有新的生活,多么幸运啊。

顾小北说:"东歌,你不要这么看着我。"

我转身说:"你走吧。"

然而我没走几步,后背突然被抵在泛着潮气的墙壁,唇上迎来一个炽热慌张的吻,我有过挣扎,顾小北紧紧地贴着我,紧得我觉得胸腔里的氧气都快要被挤压出来。他深深地吻着我,我能感受到他的绝望与依恋,心也难过了起来，我想到那个已经过去并永远都无法回来的冬天，我脱下了衣服，我说："顾小北，我们再做一次吧。"

在这张狭小坚硬的木板床上，我们从没有这样紧紧地贴合在一起，顾小北炽热的手一寸寸抚摸我的身体，午后的阳光把窗帘的影子投在我的身上，他深深的进入我，脸埋在我的胸口，他喊我的名字：东歌……东歌……"我尖细的指甲在他的后背滑出血印子，我感受到快乐，也感受到哀痛。他就快要离开我了。

完事后我们都有些尴尬，可是转身就走又显得太过薄情，所以顾小北仍然缩着身体，在床上抱了我一会儿。童薇妮的电话解救了我们，他穿好裤子下床小声讲电话，可我仍然听到他在说谎，我突然无比厌恶自己。

顾小北挂了电话看向我时，我也已经穿戴整齐，我说："你快走吧，她找不到你又该生气了。"

他欲言又止的样子，对我说："东歌……"

我像没事人一样推他出去，"饭点正好一起去吃饭，不能饿着大小姐。"

门一关上我就失去了力气，慢慢跌坐在地上，我望着那扇窗和那张被阳光晒得柔软的床，我身上还有顾小北的气味，可是我就要永远地失去他了，而我对这种失去，无能为力。

第十一章 项脊轩志

32. 为什么要对你掉眼泪

  这种无力感在两天后学院组织拍毕业照的时候又涌现上来,我在灼灼烈日下远远地望着穿学士服的顾小北和兴高采烈的童薇妮,心里生出好多好多羡慕。在人群中来回搜索了几遍,为安没有来。气氛热烈的人群里没有我的位置,我也没有心思拍毕业照,我要去教务处请求院长把我的处分销掉,这样才能顺利毕业。打人的事情美云也知道了,她没有骂我,只是汇来很多钱,让我封一个红包给院长。

  令我意外的是,我在教导处见到为安,他也在为了我的事向院长求情,当我们从办公室出来的时候,都不约而同地收起了脸上虚假的笑容,长吁了一口气。

  我问为安过得好不好,他点了点头,又摇了摇头。问我:"毕业后有什么打算。"

  "我不知道,你呢?"

  他看着我:"东歌,我也是。我不知道可以去哪里,做些什么。东歌,这些天我很难过。"

  我不知道怎么安慰他,我握了握他的手:"为安,不

青春隔山海

如我们去拍一张毕业照吧,留个纪念,我们都没有好好地拍过合影。"

音乐喷泉的广场上人差不多都散去了,顾小北还在,抱着学士帽坐在水池旁,眼睛被阳光晒得睁不开,他皱着眉说:"东歌,就等你了,快点过来拍照。"

摄影师早等得不耐烦了,说:"快点快点,三个人合一张,我还要赶下一个学院呢。"

于是我们三个人有了唯一的一张合照,我站在中间,陈为安在我的左手边,顾小北在右边,学士帽戴歪了,有些滑稽,比了一个剪刀手在我的头顶,我们都笑了,为安轻轻地皱着眉。

摄影师说:"左边的同学,你要笑一笑。"

于是为安也笑了。

这天晚上在KTV帮陈珂践行,他在常州找了份建筑工程监管的工作,待遇不算好,唯一的好处是包吃住,只是八人的集体宿舍,拥挤脏乱,想到也令人心里难过。陈珂故作豁达:"男人嘛,年轻的时候就该吃点苦。我也不怪崔心美物质,是我自己没有本事。所以我现在什么都不想,就想好好工作,努力赚钱。"

我不知道该说什么,只好举杯敬他酒。

可是陈珂也没撑多久,微醺的时候就开始拉着我的手吐真话:"东歌,你告诉我,房子和车子对你们女人来说真的这么重要吗?就这么爱拣现成的吗?就不能陪着我一

第十一章 项脊轩志

起奋斗，同甘共苦几年，我就不信成不了。东歌，我们的好时代过去了，现在终于要像狗一样夹起尾巴，老老实实、畏畏缩缩地讨生活了。东歌，很没意思对不对？"

我看着满屋子的陌生面孔，听着有人在唱陈奕迅的歌，"最美长发未留我手，我也开心饮过酒……"听得人心里发慌，一种说不出缘由的慌乱。今晚的顾小北也反常地没怎么说话，只是一味地埋头喝酒。童薇妮跑到点歌台唱了一首《童话》，唱完了举着话筒问："顾小北，我唱得好听吗？"

他站起身说："我去洗手间吐一下。"说完，就踉踉跄跄地出去了，童薇妮立刻追了出去。我以为他们会吵架，没想到是手拉着手回来的。顾小北像换了个人一样，恢复原来的样子，又带进来几瓶洋酒，开始活跃气氛。包厢内开了迪吧音乐，男男女女开始随着音乐舞动，酒精又一次让我们忘记了明天的恐惧，专心享受这一刻的愉悦。

大家都喝得酩酊大醉，我走路也有些虚浮，推开门去洗手间，却在那个狭窄的空间里被拥入一个熟悉的满是酒味的怀抱，醉意朦胧的顾小北从身后紧紧地抱住了我，脸深深地埋进我的脖子里。我掰他的手："喂，你抱错人了。我是东歌，童薇妮在包厢里。"

他不为所动。我们僵持了一会儿，我突然感到有温热的液体沿着脖颈滑到衣服里，我从没见过这么脆弱的顾小北，他搂着我的脖子失声痛哭。那是我第一次也是唯一一

青春隔山海

次见到他哭,眼泪没有止境地滑下来,他哭得都颤抖了。他说:"东歌,我爱你。怎么办,东歌,我还是爱你。"

我紧紧地握着他的手,他的手上也沾着我的眼泪。我们满脸泪痕地又吻了吻彼此。我说:"顾小北,我们走吧,抛下这里的一切,去个陌生的城市,好好过日子。"

顾小北像一个昏睡的人突然被敲醒过来,他目光炯炯地望着我,眼神越来越冷,他松开了握着我肩膀的手,扭头走了。

我也被我自己刚才说的话吓到了,我松了一口气,自嘲地扯了扯嘴角,然而顾小北突然停住了脚步,回头看着我。他红着眼睛说:"东歌,这次是我们最后的机会,如果你什么都没有改,还像原来那样伤害我,那我们的事,就真的完了。"

我攀上他的肩膀要吻他,他用力地推开我,眼睛盯着我说:"东歌,以后你不准抽烟,不允许喝酒,绝不能想一秒钟陈为安。如果你违犯任何一条,我就立刻把你甩了。你听清楚了吗?能做到吗?"

我晕乎乎地直点头,那样子真是傻透了。

顾小北扶住我不断点的头,问:"东歌,你想去哪里?"他已经站在我面前,低头望着我。那幅画面我记得很久很久,他的神情那么温柔,好像要带一个小女儿去春游的小爸爸。

我们约好了去上海,当晚就出发,各自回去收拾行李,但是谁都不可以告诉。顾小北说:"我想再陪陪童薇妮,

第十一章 项脊轩志

把她安置好了我打给你,两点我们在汉口火车站汇合。"他不放心地又确认了一遍,"东歌,你会来吗?一定会来,对吗?"

我踮起脚,又吻了吻他。我说:"我害怕的是你不来。"

和顾小北分开后,我没有回包厢,而是直接回了宿舍收拾行李。我要带走的东西并不多,几件换洗的衣服,两双鞋子,它们撑出了旅行袋一半的形状,我就着手电筒的微光看着它软软地塌在床上。我轻轻地告诉自己:"东歌,这是你最后的机会了,要争气啊,要抓住幸福啊。"我又在旅行袋里放进了一条心爱的长裙、一双高跟鞋,我想也许我和顾小北有机会挽着手臂在外滩散步呢。于是我又装进了几支口红,一瓶香水。

最后我装进了一只枕头,为安的照片藏在里面。我没有勇气去见他最后一面,也无法和他告别。所以我带走他的照片,如果我是走向幸福的话,我希望他也能感受得到。

我就这么把行李满怀抱着,等着顾小北的电话迷迷糊糊地睡着了,做了一个很美的梦,梦到我住在上海幽深的老式洋房里,阳台外开着大朵大朵的绣球花,花朵里面放着很多美金,都是50元、20元的面值。人们都说那是一个男人悄悄放在花朵后面的,可是没有人知道他是谁。

电话终于响起来了,我一个激灵醒了,一边接电话一边从床上跳下去。我说:"顾小北,你到哪了?"

然而我听到的是一个虚弱无力的声音,他说:"东歌,你救救我。我不想死了,我害怕……"

为安的一句话,把我对未来所有美好的幻想,全都敲打粉碎。

33. 世间好物不牢靠

我用钥匙打开为安家的门的时候,那诡异的安静突然令我狂跳的心平静了下来,我甚至能听到浴缸的水溢出来滑向地砖发出的温柔水声。我推开玻璃移门,触目的殷红没有带来恐怖、惊慌,而像是一个放在长镜头里的悲剧结尾,泰坦尼克号沉没前小提琴最后的咏叹调,相约着一同逝去的美好。

我在书上看到说,选择割腕的人大多都是求死欲望不够强烈的人,因为想用这种方法成功死去,必须切得很深很深,手腕几乎只是伶仃地挂在上面,巨大的痛楚会一点点磨碎他求死的意志,大部分人会选择求救。

我一个人坐在在手术室门口的地上等着,为安被推进去了很久很久,阿姨终于风尘仆仆地赶来。见到她我才有一丝力气回到身上。我收拾起涣散的眼神用了很长的时间,我望着她,缓缓地说了一声:"对不起。"

她没有上妆,因而脸显得姜黄而黯淡,表情也是灰败。她在我身边坐下,脊梁完全贴了墙壁才长长地舒了一口气,"我最近总是心慌,总觉得他要出事,没想到真的发生了。

第十一章 项脊轩志

他 25 岁了,命是他的了,我再也管不住了,也没有力气管了。"阿姨扭过头看我:"东歌,说句要被雷劈的话,你有想过,或者潜意识里希望,里面的那个人,真的死了该多好?"她固执地盯着我,重复了好几遍:"你想没想过?想没想过?"又兀自回答:"我想过。他死了也比现在这样好。死了至少很体面。"

手术室的灯终于暗了,疲惫的医生走出来如释重负地揭下口罩,在那一个瞬间,我不知道是不是我眼花,有一抹恶狠狠的、诡异的笑容在阿姨的嘴角划过,但很快就消失了。她转过脸对我说:"东歌,你走你的吧,去过你自己的人生,为安是我的儿子,你对他没有义务。你的路还很长,走吧。"

她推了我一把,我这才迈动了脚步。我又回头看了一眼,她对我挥了挥手,做了个赶人走的动作,我昏昏沉沉地走到医院门口,外面已经是晌午的天,阳光白铁一样压得人喘不过气。手机上有很多顾小北的未接来电,我不敢接,我生怕一听到他的声音我就扔下手术台上的为安向他奔去,那么余生,我都不会原谅自己的残忍和自私。

我想给顾小北发个短信,说一些类似对不起或者是你好好生活的话。想了想还是作罢,他一定是对我失望透顶了,是的,我让他失望了那么多次。

宿醉和少眠让我头疼欲裂,稍微走几步就觉得天旋地转。我坐上了一辆出租车,我应该回宿舍蒙上被子好好睡一觉，可是不知道为什么，我对师傅脱口而出，"去汉口火车站。"

　　一些年以后，我再遇到已经是美艳少妇的童薇妮时，我们有过一次很长的聊天。她对我回忆起那天的场景，她在车站找到顾小北的时候，他的头深深地埋在膝盖里，突然就抱着她哭得像个孩子。童薇妮说："我第一次见到那么脆弱的顾小北，我更爱他。"她烟波流转，看向我："其实我要谢谢你，在你把他伤得最深最绝望的时候，他抱着我哭，我就有预感，我跟顾小北成了，他不会再离开我了。"她对我举起酒杯，"东歌，cheers。"

　　她走后，我一个人在位子上坐了很久，餐厅里放着老歌，有一个优雅的女声反复地唱："为什么要对你掉眼泪，你难道不明白都是因为爱……"

　　我想起那天我用一双浑浊的泪眼，在茫茫人海里跌跌撞撞地寻找顾小北的身影，寻找我最后一根可能获得幸福的稻草。我精疲力竭，一无所获，似乎就是在那一刻，我开始信命。命里有就是有，没有就是没有。

　　再见到为安是这年的冬天了，近年关，难得一见的大雪。我在厨房里望着窗外的雪，心不在焉地煮泡面。为安是不请自来的客人，像一只四蹄踏雪而来的小狗，清清冷冷地站在门口，愈发瘦了。都不知道他在做什么，越来越瘦，越来越瘦，一副想哭又强撑着的表情，好像是一个靠意志活着的人。

第十一章 项脊轩志

　　看到他我还是会不自觉的难过，像一个迟暮的人梦回五花马，千金裘，呼儿将出换美酒的青春岁月。

　　为安是来告别的，去日本留学，归期未定。我一点也不觉得意外。他总要走的。世间好物不牢靠，彩虹易散琉璃脆。为安走得越远，我越觉得安全。

　　我把为安请进来，我们躺在那张旧旧的沙发里喝酒，酒酣耳热，也并没有让我们更亲近些。我们还是两个一身冷清的人。为安嘴唇抵着酒瓶，说话不说话的时候眼睛都不看我。他沉浸在自己的世界里，在做一个人的告别。那他需要我吗？也许吧，我是一只温柔的闹钟，在差不多的时候，轻轻喊醒他，"陈为安，时候不早了，你该走了。"于是他就又安全地回到这个世界里来了。

　　为安后来好像睡着了，头靠着窗户，呼吸浅浅的。外面是一盏路灯撑起的空旷的夜色，雪悄无声息地落下来。周围的声音全被吸走了，像一座人迹罕至的墓地。我无声地落泪，为安鬓角的一根白发触目惊心。我拿来剪刀，轻手轻脚地帮他剪掉。他还这么年轻，他要去开始新的人生。虽然我们都知道人生是不会断的，并没有所谓的重头来过。可就像四季时序的变化，总有一些时刻会让我们有重新振作的念头。在那些觉得活不下去的黑暗时间里，结果只有两个，不是堕落就是重生。我和为安，我们都选择了后者，力量慢慢地重新回到了心里。

　　而这么多年对于为安的执念，也像白日尽头，太阳的

青春隔山海

温度缓慢离开窗玻璃,那么缱绻而伤感。又是一种必然的失去。真的没有什么是永垂不朽。也有人唱爱情万岁,可是你看这万岁的爱情,上面落满了灰尘。

为安离开的时候说:"东歌,如果没有我,你可能会很快乐。可是我有过你,你让我很快乐。一直想对你说对不起,你给了我那么多快乐、平静、包容、原谅,我回报你的,都是不幸、不快乐。"

我和为安的这些年,是深沉的悲哀和稍纵即逝的快乐。就像青春,可能是你的几寸皮,或者是她身上的一块肉,可是为安,曾经是我的骨头。

我如一个大病初愈的人,只能给为安一个虚弱的微笑。我张开双手,对为安说:"抱一抱吧,一路顺风。"

为安的怀抱和从前不一样了,从最初的怦然心动,到后来的绝望无助,再到现在平静得像枕上了自己的枕头,盖上自己的被子,愉快柔软的睡眠在等待我。

我们就这样,在新年的第一天,薄暮时分,温柔地拥抱,告别。

为安在雪地里举高了手臂向我挥手,我的心突然在那一刻"咔"一下,好像有什么东西被剪断了一样,可它要回来的路还很长很长,所以痛感要在很久以后才降临。我和为安,终于完了。

我在窗口目送着记忆中的少年走上更远、更美的路途,有一种虎口脱险的感觉。像是下过了一天一地的茫茫大雪,

第十一章 项脊轩志

我们都是崭新的了。命运再也找不到我们。

只是在那些漫长的,无法入眠的夜里,我知道,我们余下的这一生,即使再快乐,也不会太快乐了。

"那是我最喜欢的唱片,你说那只是一段音乐,却会让我在以后想念。说着付出生命的誓言,回头看看繁华的世界,爱你的每个瞬间,像飞驰而过的地铁。说过不会掉下的泪水,现在沸腾着我的双眼,爱你的虎口,我脱离了危险……"

我和为安的结局是好的,爱沸腾了那么久,终于蒸发得干干净净,但没有产生恨。这样,我们在彼此的记忆里,都是一个温暖的存在。也是到这个时候,我才终于明白,我早已不爱为安,我无法挣脱的是对他付出的热情和掏空的自己。为安对我来说,就像一座神庙,即使荒芜,仍然是祭坛;像一座雕像,即使坍塌,仍然是神。

这份执念,毁掉了我和顾小北的感情。

为安走了,我心里的圆明园也被一场大火烧了,翻手为云覆手为雨的青春,也完了。

34. 青春里的最后一人

离开武汉前,我最后一次去看望霈羽。他理了一个很

青春隔山海

短的平头,看得见青色的头皮,瘦削硬朗,精神不错,隔着厚玻璃,眼神温和地看着我,同曾经那个嚣张玩世的富家子判若两人。我看着他,忍不住流出笑意:"霈羽,我不是幸灾乐祸,我是真觉得你现在这个样子挺好,很有人情味。"

"你和顾小北还真是一对,说的话都一样。他说我以前身上散发的那股禽兽气味都被监狱磨灭了,现在看着特顺眼。"

霈羽提到顾小北,我的眼神还是黯了黯,毕业前我都没有再见到他,好像一切都没有发生过,我们从未认识,从未爱也从未恨。

"他什么时候来看你的?"

"就两星期前吧。他说他现在过得挺好,春天来了就和童薇妮把婚定了,然后就陪她去英国读书。"

我笑了笑:"春暖花开,是适合订婚、结婚。今年的冬天太冷太漫长了啊,春天得快些来啊。"

霈羽看着我,"东歌,你就死撑着吧。总有一天你会后悔的。"

我沉默了一会,"霈羽,我是真没有办法,总觉得我和顾小北之间,就是还缺了一点缘分,所以怎么都画不成一个圆。你知道那种感觉吗?就是你尽力了,想了很多办法、伤害了不少人,你们都自私地只顾两个人了,可你们就是成不了。"

第十一章 项脊轩志

霹羽低下了头："我明白,就像我和赵风敏。"

"她后来有来看过你吗?"

"有,偷偷来的,还带来了儿子的照片,说有一丁点像我,因为我是她第一个男人。"

"你还信这个啊。"

"现在当然信了,离我出去的日子太久远了,她的那个小子算是我的一个念想。"

也没有太多的时间供我们伤感,探视时间很快就到了,霹羽对我说的最后一番话是这样的："东歌,朝前看,忘掉过去朝前看。你的人生才刚开始,换个地方去认识新的人,不要再让陈为安或者顾小北影响你的新生活。东歌,也不要再来看我了,我对顾小北也是这么说的,我看到你们难过大于开心,一看到你们我就会想起过去快乐的日子,就会觉得自己特混蛋,就熬不下去。这高墙铁窗里,难熬的不是时间,而是还有希望,还有盼头。你们不要再给我希望了,六年以后什么都没了,我只想安安宁宁地在这里度过我的余生。"

从监狱里出来,我在墙边哭了很久。我想起几个月以前我走出看守所的时候,顾小北和霹羽在路口等我,都给了我一个坚定的拥抱。时间也没有过去多久,人和事却天翻地覆。生别离原来这么令人痛苦,我的眼泪越流越凶,不知道为什么,这么多天来我第一次这么强烈地想念,想听听他的声音,想他告诉我："东歌,都会过去的;东歌,都已经过去了。"

可是我不敢打电话,我害怕听到他若无其事的声音,我害怕他一张口就是:"东歌,有意思吗?猫和老鼠的游戏还没有玩够吗?"所以我什么都没有做,哭完了我就擦干眼泪,走过两个路口搭公车,又换轮渡。江水苍茫,裹着丰润水汽的风吹拂着脸庞,天边有晚霞,夕照像一张渔网柔柔弱弱地笼罩下来,我微微闭上了眼睛,将这一幕深深地放入心底。

这就是我从今往后的蜂蜜啊,沉在心底,珍藏着、密封着,实在苦得时候就伸一根手指,蘸一小点甜聊以慰藉。我不只一次地想过,如果那天为安没有出事,我跟着顾小北走了,那么现在是不是都不一样了。我总幻想着我和顾小北的以后,也总是重温着我们过去的美梦。如果人的一生,背后能有一台摄像机该有多好。当我们特别幸福的时候,喊一声action,当时的人、事、画面,快乐的气氛都被记录了下来。如果真的有这么一部带子,我愿意不择手段地搞到它。

可惜我们都没有这样一部摄像机,所有美好的时光都敌不过时间,敌不过衰老。前者冲淡它,后者放开它。也许有一天,我会明白我过去的执念都没有意义。

我和顾小北真正的告别是在两年后,他已经是一对龙凤胎的爸爸,事业有成,人生圆满。

站在我眼前的这个男人,穿着雪白的衬衫,颜色轻渺

第十一章 项脊轩志

得一尘不染，流露出被一个女人妥帖照顾的痕迹。他的肩膀更宽阔了一些，被岁月浸润得温和而迷人，只是鬓间的星点白发也令人伤感而怅惘。我穿鹅黄色绸缎衬衣，下摆藏在宝蓝色窄裙里，额头光洁，一丝头发都不乱。

他仔细端详了我一会儿，用一种长辈般的原谅而宽容的眼神看我，淡笑："你现在这样子挺好，东歌，你挺好的。我也放心。"

我忍不住向前走了一步，摸了摸他的衣领，又摸了摸他的脸，傻傻地笑。我向往听到那句话："我们重新开始吧。"可我知道不会有这样的运气，所以我脸上傻傻的笑中又露出一种近乎悲哀的神色。

他像安抚一个小孩般摩挲我的头发，"东歌，不要这样。"冷风拂过，他又拢了拢我的衣领，"东歌，不要冻着，吃饱穿暖，日子就过下去了。"

时间并没有过去多久，可那一次短暂的会面在我的记忆中像日暮饮醉酒，有好几次断篇。我不记得我们在那两个小时里说了些什么，又做了些什么。我唯一记得的是从那家咖啡馆走出来有一个好长好长的斜坡，我已经走下了一段，扭过头去看他。他还站在高处，像满怀慈悲地看着我。深秋的日照淡淡地笼罩着他，令他的轮廓变得模糊，好像深夜下雨时路灯发出的那种毛茸茸的光。

那是一个深秋，我横穿好几座城市来看他，走时外面罩了一件米白色的风衣。他说："你穿得太少了。"于是

青春隔山海

我说:"下次不了。"那是我们最后一次谈话,充满着结束的意味,像两个很老很老的人,说了这次再见,就真的没有余生再见了。

我沿着斜坡慢慢走下去,老人和狗晒着太阳,阳光笼着拆毁的旧楼,迷蒙又晃眼,好像前尘往事一般渺茫。门檐下猫在睡觉,一个乞丐走过,嚼着垃圾桶里的残羹冷炙。

我想起我们高考时考的那句诗:日暮酒醒人已远,漫天风雨下西楼。

顾小北坐在我的右前方,我看到他留着空白,没有答。

我后来又梦见过他一次,在一个小镇,碧绿的稻田,矮矮的山脉,水牛慢悠悠地走过,驮走了睡意蒙 的夕阳。暮色苍茫,他转过身看我的样子,充满了原谅的意味。

后　记

五花马，千金裘

　　这是我两年前写的小说，写完了我就毕业了，那个时候不会知道原来世界是这样的，很辽阔又时常觉得自己被困住；很热闹也很伶仃，寒夜连一个可以抱着痛哭的人都没有。在小说的开头，我说这是一个二十几岁的故事，因为只有二十几岁的人心里有江湖。我真的以为人的青春可以很酣畅，很英武又很痛快，遇得到英雄也爱上过狗熊。像李白喝醉酒写的诗：五花马，千金裘，呼儿将出换美酒。那个时候我真的以为要好的朋友可以这么一宿一宿喝酒，深爱的人在短如兔尾的青春里来不及变冷。
　　然而两年以后，有人向我描述中年况味，"远离但非断灭，不住才是故乡"。中年算是青春的乡愁吧，喝的都

青春隔山海

是夕阳里的酒，少女远去了，有人白发萧然，有人被砍了头，这好好一杯酒泼在地上，是日暮酒醒人已远，漫天风雨下西楼。青春烧完了，人像死过一遍，有些地方无坚不摧，有几寸一摸就疼。读完这本小说的你，也许十年后，也许二十年后，我们就是这样了。我很怕老，怕光阴飞驰，我什么都未得到，却尽失所有。我非常害怕，不知道你是否如此。

再说回这本小说，有人问我东歌是不是你？我希望我是她。因为这是一个在爱情里非常孤勇的女孩，爱一个人就死心塌地地爱他、追随他，哪怕为他弄伤了自己的人生也在所不惜。我从来没有她这样的勇气。事实上我写这个人物的时候，身边有好几个女生，她们组合成了这样一个原型。所以这部小说也算是写给我的东歌们，她们是大气而勇敢的女孩，愿意在苍茫的岁月里保护她们爱的男生。关于陈为安，这不是一个讨喜的角色，甚至自私、恃爱伤人，但我想，在我们的青春里，都会有过这样一个人吧，你说不出他哪里好，但他对你就是有意义，有时眼里揉不进一粒沙子，有时又毫无底线。你对他日复一日的爱意使他在你生命中成为一座举世无双的圆明园，可是圆明园最后还是被毁了，他的名字也好，为安，为安，青春落地为安。

还有顾小北，我想你们会喜欢这个角色，在你生命中最艰难的一个时刻，我希望有这样一个人，如夜空中明亮的星，指引你前进。就像歌里唱：“我宁愿所有痛苦都

后记

留在心里,也不愿忘记你的眼睛。给我再去相信的勇气,越过谎言去拥抱你。"我们再过一些时日会明白,我们的生活就是这样的,不是黑白分明,也不是有始有终,是一条河流慢慢流淌,泥沙沉淀,我们终会得到洁净。

再说些什么呢?祝福你们吧,愿世上所有暂别的爱,终得团聚。

还有从前一起喝酒的年轻的人儿们,我与他们失落太久了,如果有天聚首,我一如平常,摇摇晃晃地站起来,"这一杯我干了,你们随意。"

可是青春,真的完了。